Andreas Schlüter

Level 4 Kids

Vampirjagd um Mitternacht

© privat

Andreas Schlüter, geboren 1958, ist einer der erfolgreichsten Kinder- und Jugendbuchautoren der letzten Jahre. Gleich sein erstes Buch ›Level 4 – Die Stadt der Kinder‹ wurde ein Bestseller. Auch in seiner neuen Serie ›Level 4 Kids‹ stehen Computer und virtuelle Welten im Zentrum der spannenden Abenteuer. Zusätzliche Informationen zum Autor und seinen Büchern finden sich unter www.aschlueter.de.

Andreas Schlüter

LEVEL 4 KIDS

Vampirjagd um Mitternacht

Mit Illustrationen
von Karoline Kehr

Deutscher Taschenbuch Verlag

In der Reihe ›Level 4 Kids‹
sind außerdem lieferbar:
Diebe im Netz
Apollo 11 im Fußballfieber
Die verräterische Datenspur

Das gesamte lieferbare Programm von dtv junior
und viele andere Informationen finden sich
unter www.dtvjunior.de

Ungekürzte Ausgabe 2010
Deutscher Taschenbuch Verlag GmbH & Co. KG, München

Umschlagkonzept: Balk & Brumshagen
Umschlagbild: Karoline Kehr
Gesetzt aus der Charlotte 13/17,22'
Gesamtherstellung: Druckerei C. H. Beck, Nördlingen
Gedruckt auf säurefreiem, chlorfrei gebleichtem Papier
Printed in Germany · ISBN 978-3-423-71428-0

Das sind die Hauptpersonen:

Herr Dickmann,

zehn Jahre alt, heißt mit vollständigem Namen *Hermann* Dickmann. Das ist eindeutig ein »mann« zu viel, findet er, und so hat er einfach eins davon gekürzt und durch ein kleines »r« ersetzt. Doch nicht nur sein Name, auch sein Gewicht macht ihm zu schaffen. Denn Herr Dickmann ist mehr als dick: Er ist fett. Zehn Kilo soll er abnehmen, fordern seine Eltern. Herr Dickmann mag aber nicht auf all die Dinge verzichten, die so toll schmecken. Und Sport treiben mag er auch nicht. Viel lieber würde er einen Detektivclub gründen. Leider will sonst niemand mitmachen. Umso erfreuter war Herr Dickmann, als ihm Ben vom Computerclub »Level 4« anbot, eine Unterstufen-Abteilung dieses Clubs zu gründen: den Computerclub »Level 4 Kids«.

Kio Kayamoto,

ebenfalls zehn Jahre alt, Nachbar und bester Freund von Herrn Dickmann. Kios Vater ist gebürtiger Japaner und Erfinder. Deshalb wohnt Kio in dem verrücktesten Haus, das man sich vorstellen kann, und bewohnt darin das verrückteste Zimmer: grün und chaotisch wie ein Dschungel und vollgestopft mit Technik. Kio ist ruhig und freundlich und an allem interessiert, was irgendwie mit Technik und Naturwissenschaften zu tun hat.

Minni,

zwölf Jahre alt, Herrn Dickmanns ältere Schwester. Heißt eigentlich Hermine Dickmann; weil sie das aber blöd findet, nennt sie sich Minni. Ist weder auf den Mund noch auf den Kopf gefallen. Ihr Bruder hält sie für ein »typisches Mädchen«, das sich für alles interessiert, was Herr Dickmann langweilig findet: Party, Mode und Jungs. Was Minni allerdings nicht daran hindert, bei jedem Abenteuer kräftig mitzumischen. Denn Herr Dickmann nervt sie zwar höllisch, aber niemals würde sie ihn im Stich lassen. Und außerdem ist Minni Redakteurin der Schülerzeitung!

QZJP 12,

sprich: Kuzip 12, Roboter. Eine der genialen Erfindungen von Kios Vater. Sollte eigentlich ein Haushaltsroboter sein, richtet aber leider nur Chaos an. »Nicht ganz ausgereift«, sagt Kios Vater. »Der hat eine Schraube locker«, sagt Kios Mutter, die ständig damit beschäftigt ist, Kuzip vom Haushalt fernzuhalten. Kuzip ist aufmerksam, hilfsbereit und immer zur Stelle – besonders, wenn man ihn überhaupt nicht brauchen kann.

Seltsamer Umzug

Minni hätte es sich ja denken können. Sie war von Anfang an misstrauisch gewesen, als ihr Bruder begeistert vorgeschlagen hatte, am Halloween-Abend zu dritt von Tür zu Tür zu ziehen, um sich von den Nachbarn Süßigkeiten schenken zu lassen.

Zu dritt, das hieß: sie, ihr fetter Bruder Herr Dickmann und dessen bester Freund Kio, der im Nachbarhaus wohnte.

»Zu dritt!«, erinnerte Minni ihren Bruder an die Abmachung, als sie zusammen mit ihm in Kios Garten stand. Sie hatte sich mit einem lila Umhang, den ihre Mutter aus Gardinenstoff genäht hatte, und einem großen lila Hut aus Pappe als Zauberin verkleidet.

»Du.« Sie zeigte auf Herrn Dickmann, der auch

einen Umhang trug, aber dazu Vampirzähne und seine Augen mit Tusche schwarz umrandet hatte.

»Du.« Minnis Finger wanderte von Herrn Dickmann zu Kio, der einen Anzug trug, auf dem in weißer Leuchtfarbe ein Skelett gemalt war. Passend dazu hatte sich Kio eine Totenkopfmaske aufgesetzt.

»Und ich!« Minni zeigte nun auf sich.

»Aber nicht der da!« Minnis Finger streckte sich anklagend Kuzip 12 entgegen, dem Haushaltsroboter der Kayamotos.

Kuzip war in einen orangefarbenen Umhang gewickelt, auf dem Hunderte kleine Glühbirnchen blinkten. Den Umhang hatte Kios Vater gebastelt. Der ohnehin runde Kuzip sah darin aus wie ein grell leuchtender, lebendiger Kürbis.

Kuzip 12 war ein liebenswerter, hilfsbereiter Roboter. Aber nach der Meinung von Kios Mutter hatte er mehr als eine Schraube locker. In der Tat unterliefen dem kleinen Roboter ständig irgendwelche Fehler. Kio und Herr Dickmann mochten ihn trotzdem. Im Gegensatz zu Minni,

die den »sprechenden Blecheimer«, wie sie ihn gern nannte, nicht ausstehen konnte. »Mit dem Ding da ziehe ich nicht von Tür zu Tür!«

Herr Dickmann und Kio wussten, dass es keinen Sinn machte, sich darüber zu streiten. Minnis Meinung stand unumstößlich fest.

Minni drehte sich um und stampfte aus dem Garten.

»Überlegt es euch«, rief sie den beiden Jungs noch zu. »Die Blechtonne oder ich!«

Und schon war sie auf die andere Straßenseite gelaufen und im Hauseingang verschwunden, wo sie und Herr Dickmann wohnten.

»Was hat sie gegen Kuzip?«, fragte sich Kio. »Der sieht doch gut aus.«

»Finde ich auch«, bestätigte Herr Dickmann. »Sie ist eben ein Mädchen.«

Das war oft die Begründung für Herrn Dickmann, wenn er seine Schwester mal wieder nicht verstand.

»Und was machen wir jetzt?«, fragte Kio.

»Ohne Minni!« Das war für Herrn Dickmann gar keine Frage. Denn der Roboter konnte zwar sprechen, aß aber selbst keine Süßigkeiten. Ein eindeutiger Vorteil gegenüber seiner Schwester, fand Herr Dickmann. So mussten sie die Süßigkeiten nur durch zwei teilen.

Eigentlich durfte Herr Dickmann ja keine Süßigkeiten essen, weil er immer noch viel zu dick war. Obwohl er schon drei Kilo abgenommen hatte. Aber Halloween war eine Ausnahme!

Da hielt ein großer Lastwagen vor dem Nachbarhaus. Mit großen Buchstaben stand daraufgeschrieben: »Petermann Umzüge«.

»Wow!«, rief Herr Dickmann. »Ziehen dort welche ein?«

Das kleine Nachbarhaus zur linken Seite der Kayamotos stand bereits seit über einem Dreivierteljahr leer. Entsprechend verwildert war der Garten.

Kio und Herr Dickmann schielten neugierig über den Lattenzaun, über den sie so eben blicken konnten, wenn sie sich auf Zehenspitzen stellten. Vielleicht zog ein Kind ins Nachbarhaus ein?

»Hoffentlich kein Mädchen!«, wünschte sich

Herr Dickmann. Minni war mehr Mädchen, als ein Junge in seinem Alter ertragen konnte.

Kio nickte ihm zustimmend zu. Obwohl er selbst seit einiger Zeit dabei war, in seinem Keller einen weiblichen Roboter zusammenzuschrauben.

Natürlich konnte man nicht wirklich davon sprechen, dass Kuzip 12 männlich war. Aber andererseits waren sich Kio, Herr Dickmann und ausnahmsweise auch mal Minni einig, dass Kuzip auf gar keinen Fall ein Mädchen war.

Herr Dickmann bemerkte, dass auch Minni von gegenüber aus dem Fenster im ersten Stock auf den Lastwagen schaute. Herr Dickmann wusste, sie wünschte sich genau das Gegenteil: bloß nicht noch einen Jungen in der Nachbarschaft.

Um zu erfahren, wessen Wunsch in Erfüllung gehen sollte, musste aber noch ein zweiter Wagen kommen. Denn in dem Lastwagen saßen nur die Möbelpacker. Bestimmt kam im nächsten Moment die Familie mit einem Pkw um die Ecke.

Herr Dickmann drückte ganz fest die Daumen,

dass sie einen Jungen in seinem Alter mitbrachten, der nett war und mit dem man toll spielen konnte.

Doch es kam kein Pkw. Stattdessen stiegen zwei Männer aus dem Lkw, öffneten hinten die Tür zur Ladefläche und schleppten eine große lange Holzkiste in den Garten.

Herr Dickmann schaute hin, öffnete erstaunt den Mund und konnte nicht glauben, was er sah. Er stellte sich von den Zehenspitzen zurück auf die Fußsohlen, sodass er hinter dem Zaun nicht mehr zu sehen war. Er schnappte nach Luft und rieb sich die Augen.

»Hast du auch gesehen, was ich gesehen habe?«, fragte er stotternd seinen Freund Kio.

Den erstaunten Gesichtsausdruck von Kio konnte Herr Dickmann hinter dessen Totenkopfmaske nicht erkennen. Aber Kios Stimme verriet, wie fassungslos auch er war. Mehr als ein erstauntes »Ja!« brachte Kio nicht hervor.

Beide wagten es, sich ganz langsam wieder auf die Zehenspitzen zu stellen und vorsichtig über den Zaun zu gucken. Die beiden Männer mit der

Holzkiste aber waren nicht mehr zu sehen, sondern wohl schon ins Haus gegangen. Trotzdem bezweifelte Herr Dickmann nicht, was er gesehen hatte. Und Kio bestätigte ihm die Beobachtung. Das, was die Männer ins Haus getragen hatten, war eindeutig ein Sarg gewesen!

Geheimnisvolle Nachbarn

Nachdem die Männer den Sarg ins Haus getragen hatten, waren sie wieder herausgekommen, in den Lastwagen gestiegen und davongefahren. Nichts weiter hatten sie ausgeladen. Keine Kisten oder Kartons, keine Möbel, keine Lampen. Nichts. Nur diesen einen Sarg.

Eine halbe Stunde standen Herr Dickmann und Kio nun schon am Zaun, ohne dass irgendetwas passiert war.

»Was sind denn das für Leute, die nur mit einem Sarg umziehen?«, fragte sich Kio.

»Vampire«, vermutete Herr Dickmann sofort.

Kio musste lachen und schüttelte den Kopf. Er glaubte nicht an Vampire. Und schon gar nicht an welche, die mit einem Möbelwagen ankamen!

Doch Herr Dickmann zählte die Tatsachen

auf: Es war zwar erst fünf Uhr am Nachmittag, aber es dämmerte bereits. Sicher kein Zufall, dass die Nachbarn bei Einbruch der Dunkelheit einzogen. Lediglich ein Sarg war hineingetragen worden. Sonst nichts.

»Nur Vampire benötigen keine Möbel und keine Wohnungseinrichtung«, war Herr Dickmann sicher. »Tagsüber schlafen sie im Sarg. Nachts fliegen sie aus, um den Menschen das Blut auszusaugen. Was brauchen sie da zum Wohnen?«

Dagegen konnte Kio nichts sagen. Andererseits: In allen Vampirgeschichten, die er kannte, hatten die Vampire in ihren Schlössern auch Möbel besessen.

»Und«, wandte Kio ein. »Weshalb nur ein Sarg – und nicht mehrere?«

Auch darauf wusste Herr Dickmann die passende Antwort: Der Nachbar war ein einzelner Vampir. »Seine Familie schafft er sich erst, indem er sich nachts seine Opfer sucht und sie beißt. Denn ein Mensch, der gebissen wird, wird auch zum Vampir. Das weiß doch jedes Kind.«

Kio nickte. Das wusste er auch.

Herr Dickmann war aber noch nicht am Ende seiner Ausführungen. »Und wenn er eine Familie will, dann sucht er sich vielleicht auch Kinder. Vielleicht uns!«

Kio erschrak, sah dann hinauf zum gegenüberliegenden Fenster im ersten Stock, wo Familie Dickmann wohnte. Minni stand nicht mehr dort.

»Oder er holt sich Minni«, überlegte Kio laut.

Herr Dickmann konnte sich nicht vorstellen, dass ein Vampir freiwillig mit seiner Schwester unter einem Dach wohnen wollte. Aber eines lag klar auf der Hand: Es mussten sofort Schutzmaßnahmen getroffen werden.

»Wie denn?«, wollte Kio wissen.

Herr Dickmann schüttelte verständnislos den Kopf. Wusste Kio denn gar nichts von Vampiren? Das war doch sonnenklar. Gegen Vampire halfen Holzkreuze und vor allem Knoblauch.

»Prima«, freute sich Kio. »Knoblauch haben wir zu Hause. Den benutzt meine Mutter oft zum Kochen.«

Sofort rannten die beiden in Kios Küche. Kuzip 12 eierte hinterher. Kios Vater hatte ihm zusätzlich zu den Rollen, auf denen er sich bisher fortbewegt hatte, zwei Füße an Teleskop-Beinen angeschraubt, damit er auch draußen im Garten und auf der Straße gehen konnte. Leider funktionierte das noch nicht so gut. Kuzip 12 stolperte vorwärts. Und zusätzlich behinderte ihn sein leuchtender Umhang beim Gehen.

Kaum hatte Kuzip das Haus betreten, stoppte Herr Dickmann. »Kann Kuzip nicht das Nachbargrundstück weiter überwachen?«, fragte er.

Kio nickte. Eine gute Idee. Als Roboter besaß Kuzip natürlich keine richtigen Augen, sondern zwei Kameras, die die Umgebung aufnahmen und dem Roboter somit eine Orientierung ermöglichten. Es kostete lediglich einen Knopfdruck, diese Aufnahmen auf Kuzips interner Festplatte speichern zu lassen. So diente der Roboter gleichzeitig als mobile Überwachungskamera.

»Hast du gehört, Kuzip?«, sprach Kio zu dem Roboter. »Geh zurück zum Zaun, und behalte das Nachbargrundstück im Auge.«

Kuzip 12 piepte und gab dann zur Antwort: »Nicht mög-lich.«

»Hä?«, fragte Herr Dickmann.

Dann fiel Kio auf, weshalb Kuzip seinen Auftrag nicht erledigen konnte. Er war zu klein. Und der Zaun zu hoch.

»Wow!«, stieß Herr Dickmann anerkennend aus. »Immerhin hat er begriffen, was er tun soll. Das müsste Minni mal sehen.«

Minni hielt Kuzip 12 für eine völlige Fehlkonstruktion und traute ihm überhaupt nichts zu.

Man musste allerdings zugeben, dass Kuzip ziemlich viele Fehler machte. Dennoch: Diesmal hatte er seine Aufgabe richtig verstanden, konnte sie nur leider nicht ausführen.

Doch Herr Dickmann hatte schon eine Idee. Er lief hinaus in den Garten, zog den Mülleimer heran, der neben der Eingangstür stand, und rief Kio zu: »Fass mit an.«

Gemeinsam hoben Kio und Herr Dickmann den kleinen Roboter auf den Mülleimer, sodass Kuzips Kameraaugen nun gerade über den Lattenzaun schauen konnten.

»Prima!«, freute sich Herr Dickmann. Das war das Tolle an einem Roboter: Der bekam keine lahmen Beine, fror nicht, langweilte sich nicht und meckerte nicht. Ganz anders als Herrn Dickmanns Schwester Minni. Die hätte er nicht dazu überreden können, sich auf die Mülltonne zu stellen und die Nachbarn zu beobachten. Irgendwie war ein Haushaltsroboter viel praktischer als eine Schwester, fand Herr Dickmann.

Angriff auf Kuzip

Jetzt konnten die beiden Jungs unbeschwert in die Küche laufen, um den Knoblauch als Schutz vor den Vampiren zu holen. Doch in der Küche fanden sie nur zwei Knoblauchknollen. Viel zu wenig, um Vampire abzuschrecken.

»Das reicht nicht mal für einen Baby-Vampir«, glaubte auch Kio. Herr Dickmann lachte. »Baby-Vampir! Was soll das denn sein?«

Natürlich konnte es keine Baby-Vampire geben, weil Vampire nicht geboren wurden. Wer von einem Vampir gebissen wurde, verwandelte sich selbst in einen. Dann war man für den Rest seines Vampirlebens genau so alt, wie man als Mensch gewesen war.

Für Herrn Dickmann stand fest: Allein die Größe des Sarges, den die Männer ins Haus getragen hatten, zeigte, dass sie es mit einem großen erwachsenen Vampir zu tun hatten. Sie brauchten Berge von Knoblauch. Herr Dickmann kannte nur einen Ort, an dem sie genügend Knoblauch bekommen konnten: im Gemüseladen am Ende der Straße.

Kio und Herr Dickmann rannten los. Draußen im Garten warfen sie einen kurzen Blick zur Mülltonne.

Die beiden Jungs stoppten abrupt. Kuzip 12 war verschwunden!

Im ersten Moment standen beide erstarrt da. Unfähig, auch nur einen Ton herauszubringen oder sich zu bewegen.

Das kann doch nicht sein!, dachte Herr Dickmann. Roboter besaßen kein Blut. Insofern boten sie Vampiren auch keine Angriffsfläche. Wenngleich es draußen schon dunkel war, erschien es Herrn Dickmann noch viel zu früh für einen Vampirangriff. Aber sie mussten den Tatsachen ins Auge sehen: Kuzip war verschwunden. Vor dem Lattenzaun stand nur die Mülltonne.

»Moment mal!«, unterbrach Kio das entsetzte Schweigen. »Hörst du auch etwas?«

Herr Dickmann spitzte die Ohren. Und tatsächlich! Entfernt konnte er ein metallisches Geräusch wahrnehmen. Sprach Kuzip aus dem Jenseits zu ihnen?

»Was sagt er?«, fragte Herr Dickmann, doch im selben Moment verstand er es.

»Hil-fe!«, rief Kuzip 12.

»Wo steckt er?«, fragte sich Kio.

»Wo schon?«, fragte Minnis Stimme. Herrn Dickmanns Schwester stand plötzlich wieder neben ihnen.

»Dort wo er hingehört!«, antwortete Minni auf Kios Frage. »In der Mülltonne!«

Herr Dickmann hatte sofort seine Schwester im Verdacht, aber die wiegelte ab. »Der Blödmann ist von selbst da hineingefallen!«

Herr Dickmann und Kio schauten sich an und schüttelten gleichzeitig die Köpfe. Kuzip hatte auf dem Deckel des Mülleimers gestanden. Wie sollte er von selbst in einen geschlossenen Eimer gefallen sein?

»Das weiß ich doch nicht!«, verteidigte sich Minni. »Ich habe jedenfalls vom Fenster aus gesehen, dass er dort in der Tonne liegt.«

Sie zeigte auf die Mülltonne.

Kio lief sofort hin und schaute nach.

»Hil-fe«, sagte Kuzip aus der Tonne heraus.

Herr Dickmann und Kio kippten die Tonne um und zogen den Roboter heraus.

Während Kio untersuchte, ob Kuzip irgendwelche größeren Schäden davongetragen hatte, schüttelte Minni nur verächtlich den Kopf.

Kio drückte einen Knopf auf Kuzips Rücken. Daraufhin öffnete sich surrend eine kleine Klappe in Kuzips Bauch und Kio konnte die Aufzeichnung von Kuzips Kamera-Augen abspielen. Man sah den leeren Garten der Nachbarn. Plötzlich flog eine große schwarze Krähe aus der Baumkrone des Apfelbaums heraus und stürzte direkt auf Kuzip zu. Der geriet ins Kippen und dann ging es plötzlich abwärts.

Wie sich der Deckel der Mülltonne hatte öffnen können, obwohl Kuzip daraufstand, sodass er in die Tonne fallen konnte, wurde aus der Aufzeichnung nicht ersichtlich.

»Ein gezielter Anschlag!«, behauptete Herr Dickmann. »Die Krähe des Vampirs!«

Minni verzog die Mundwinkel. Mit gekräuselter Stirn betrachtete sie ihren Bruder. »Krähe des Vampirs. Ich glaube eher, du hast einen Spatz im Hirn!«

»Ach ja?«, giftete Herr Dickmann zurück.

»Seht mal!«, unterbrach Kio den Streit.

Er zeigte auf Kuzips Monitor. »Ich habe mir die Aufzeichnung noch mal von Anfang im Schnelldurchlauf angesehen.«

Kio drückte nun eine Stopptaste.

»Schaut mal hier!«

Er tippte mit dem Zeigefinger auf den Monitor. Die Kamera zeigte den leeren Nachbargarten, kurz bevor die Krähe aus dem Baum herausgeflogen kam.

Kio drückte wieder eine Taste und die Aufnahme lief weiter.

Plötzlich huschte jemand ins Bild.

Herrn Dickmann stockte der Atem. Und selbst Minni war sprachlos. Gebannt starrten sie auf den Monitor.

Ganz deutlich lief dort eine Gestalt durch den Garten aufs Haus zu, schloss hastig die Tür auf, betrat das Haus und schlug eilig die Tür hinter sich zu.

Die Gestalt trug einen langen weiten Umhang, der fast auf dem Boden schleifte, mit einer großen weiten Kapuze.

Für Herrn Dickmann überhaupt keine Frage: der Vampir!

»Der hat gespürt, dass Kuzip ihn beobachtet, und seine Krähe auf ihn gehetzt!«, erläuterte er.

Kio überzeugte Herrn Dickmanns Theorie. Minni blieb skeptisch, aber im Moment hatte sie wenig entgegenzusetzen.

»Wir können doch hinübergehen und bei dem neuen Nachbarn klingeln. Dann sehen wir, wer jetzt dort wohnt.«

Herr Dickmann sah seine Schwester an, als ob sie gerade vorgeschlagen hätte, sich sein eigenes Grab zu schaufeln.

»Bist du nicht mehr bei Sinnen?«, schnaufte er. »Du kannst doch nicht einfach so bei einem Vampir klingeln? Der saugt dir das Blut aus, ehe du bis drei zählen kannst.«

Kio zuckte bei dem Gedanken zusammen.

»Papperlapapp!«, antwortete Minni schnippisch. »Vampire! Das glaubst du doch selbst nicht!«

Minni lief aus Kios Garten heraus, um kurz danach in dem Garten des neuen Nachbarn wieder aufzutauchen.

Kio, Herr Dickmann und Kuzip, den die beiden wieder auf die Tonne gestellt hatten, beobachteten sie vorsichtig über den Lattenzaun.

Als Minni vor der Haustür angekommen war, wurde ihr doch ein wenig mulmig. Aber natürlich hätte sie das niemals zugegeben. Aus den Augenwinkeln schielte sie hinüber zu ihrem Bruder. Es gab kein Zurück mehr. Sie fasste sich ein Herz – und klingelte.

Sicherheitshalber trat sie unmittelbar darauf einen Schritt zurück und hielt sich bereit, mit einem Sprint davonzulaufen, sobald sich die

Tür öffnete – und vielleicht ein Vampir zum Vorschein kam.

Doch es tat sich nichts.

Seltsam, fand Minni. Auch sie hatte auf der Aufzeichnung der Kamera deutlich erkannt, wie jemand das Haus betreten hatte. Es musste jemand da sein.

Sie klingelte ein zweites und ein drittes Mal.

Aber niemand öffnete. Das bedeutete, der neue Nachbar wollte nicht gestört werden.

Minni sah hinüber zu ihrem Bruder und Kio. Sie zuckte ratlos mit den Schultern. Dann dreh-

te sie sich um und wollte gerade wieder gehen. Da ertönte im Haus ein furchtbarer Schrei!

Minni fuhr erschrocken zusammen. Ihr standen die Haare zu Berge und sie zitterte am ganzen Leib. Dann rannte sie los: raus aus dem Garten der Nachbarn, um die Kurve, hinein in Kios Garten, wo sie schwer atmend stehen blieb. Ihr Gesicht hatte eine kalkweiße Farbe angenommen. Was um Himmels willen war das für ein entsetzlicher Schrei gewesen?

Herr Dickmann und Kio empfingen sie mit vor Angst weit aufgerissenen Augen. Auch sie hatten den Schrei gehört. »Der Vampir hat zugeschlagen!«, behauptete Herr Dickmann.

»Bei sich zu Hause?«, zweifelte Kio. Aber er musste zugeben, es hatte sich wirklich so angehört.

»Da hat sogar jemand gelacht!«, meinte Minni.

»Mir reicht's!«, entschied Herr Dickmann. »Ich decke mich mit Knoblauch ein!«

Minni und Kio hatten nichts dagegen. Im Gegenteil. Auch sie wollten sich vor dem Vampir schützen.

Kuzip stand noch immer auf der Mülltonne und hielt seine Kamera-Augen starr auf das Nachbarhaus gerichtet.

»Und er?«, fragte Kio.

Herr Dickmann dachte eigentlich, dass Kuzip weiter das Haus beobachten sollte.

Doch Minni wandte ein: »Dafür ist der doch ohnehin zu blöd. Wenn es drauf ankommt, fällt er wieder in die Tonne.«

Das glaubte Kio zwar nicht, aber irgendwie war ihm auch mulmig, Kuzip dort stehen zu lassen. Vielleicht würde der Vampir es das nächste Mal nicht bei einem Angriff durch eine Krähe belassen, sondern größere Geschütze auffahren, um Kuzip loszuwerden.

»Das ist mir zu gefährlich«, fand Kio und brachte den Roboter ins Haus. »Es genügt, wenn er hier aufpasst.«

Anschließend liefen die drei Kinder endlich zum Gemüseladen, um dessen Knoblauchvorräte aufzukaufen.

Vampiralarm!

Ausgerechnet an diesem Abend waren Herrn Dickmanns Eltern in der Schule beim Elternabend. Das wäre nicht weiter schlimm gewesen. Denn Minni, ihr Bruder und Kio hatten ja vorgehabt, kostümiert zwei Stunden lang durch die Straßen zu ziehen und Süßigkeiten einzusammeln. Nur jetzt, in unmittelbarer Nachbarschaft eines echten Vampirs, sah die Sache natürlich anders aus.

Deswegen blieben alle drei zu Hause. Auf keinen Fall wollten sie im Dunkeln hinaus auf die Straße und einem herumstreunenden Vampir in die Quere kommen. Andererseits verpassten sie die Gelegenheit, gratis eine Menge Süßigkeiten zu bekommen. Diese Chance hatte man schließlich nur einmal im Jahr. Eben an Halloween.

Herr Dickmann stand auf einer Leiter und hängte einen Knoblauchzopf über die Deckenlampe.

Minni saß in ihrem Zimmer und suchte im Internet nach Informationen über Vampire.

Es stellte sich als schwieriger heraus, als sie vermutet hatte. Immer wieder stieß sie auf Tierseiten. Es handelte sich dabei um eine nicht gerade ansehnliche Fledermausart. Aber solche Vampire suchte sie nicht!

Minni suchte untote Menschen mit langen Eckzähnen, die kein Tageslicht ertrugen, lebendige Menschen überfielen und ihnen das Blut aussaugten.

Auch darüber stand jede Menge im Internet: über Bücher, Filme, Theateraufführungen, Musicals, Kostüme, Spiele. Nur eben nichts über echte Vampire. Es musste doch so etwas wie eine Vampirforschung geben!

Minni verlor schon fast die Lust weiterzusuchen. Da hörte sie plötzlich aus dem Wohnzimmer ein lautes Gepolter und die verzweifelten Hilferufe ihres Bruders!

Minni sprang auf, stürzte aus ihrem Zimmer … und blieb im Flur stehen.

Was, wenn es sich um einen Vampirangriff handelte?

Minnis Blick huschte zurück durch ihr Zimmer zum Fenster. Draußen war es mittlerweile stockduster geworden. Zwar hatte Minni geglaubt, Vampire würden vorwiegend um Mitternacht ausfliegen. Aber wer wusste das schon so genau? Vielleicht ging auch einfach nur die Uhr des Vampirs falsch?

Und der Knoblauch? Möglicherweise hatten sie doch zu wenig. Im Gemüseladen hatten sie nur noch acht Knoblauchzöpfe gehabt. Und obwohl Herr Dickmann die Verkäuferin bekniet hatte, war sie nicht bereit gewesen, ihnen alle acht Zöpfe zu verkaufen.

»Es geht nicht, dass ich wegen eures Schabernacks keinen Knoblauch mehr vorrätig habe«, erklärte sie ihnen.

»Schabernack!«, hatte die Verkäuferin es genannt. Aber es bestand doch eine unmittelbare Bedrohung durch die Vampire! Doch es half nichts. Schließlich hatten sie mit lediglich vier Zöpfen Knoblauch vorliebnehmen müssen, zwei für Kio, zwei für Minni und ihren Bruder.

Bestimmt zu wenig, dachte Minni jetzt, während ihr Bruder immer lauter schrie.

Verdammt!, dachte Minni. Jetzt hatte der Vampir ihren Bruder erwischt.

»Dicker?«, rief sie ängstlich. Sie fürchtete sich so sehr, dass sie sogar seinen richtigen Namen rief: »Hermann?«

»Komm schnell!«, flehte Herr Dickmann.

Minni traute sich ein paar Schritte weiter vor, bis zur Wohnzimmertür. Vorsichtig spähte sie um die Ecke – und sah ihren Bruder! Herr Dickmann baumelte an der Lampe, die bereits halb aus der Decke herausgerissen war und buchstäblich nur noch an einem seidenen Faden, sprich: dem Stromkabel, hing.

Die Trittleiter lag umgekippt auf dem Wohnzimmerboden.

»Auweia!«, stieß Minni aus und hielt sich vor Schreck die Hände vor den Mund. »Wenn das Mama und Papa sehen!«

»So lange will ich hier auf keinen Fall hängen bleiben!«, rief Herr Dickmann seiner Schwester zu. »Los, stell die Leiter wieder auf!«

Minni stellte die Leiter aufrecht hin und richtete sie aus, damit ihr Bruder sie mit seinen Füßen erreichen konnte. Doch in dem Moment riss die Lampe vom Kabel und Herr Dickmann krachte auf Minni und die Leiter, die er beide unter sich begrub.

»Aua!«, stöhnte Minni und rappelte sich ächzend auf.

Gerade wollte sie Herrn Dickmann eine Standpauke halten, da klingelte es Sturm an der Tür.

Minni öffnete.

Kio platzte herein und rief: »Schnell. Er ist ausgeflogen!«

Minni wusste im ersten Moment gar nicht, wovon Kio sprach. Herr Dickmann schaltete schneller.

»Dracula?«

»Wieso Dracula?«, fragte auch Minni. Sie wollte wissen, wie ihr Bruder auf den Namen kam.

Dracula, so hatte sie gerade im Internet gelesen, war der berühmteste und wohl auch einer der ersten Vampire überhaupt. Es war einige Hundert Jahre her, dass man erstmalig über ihn berichtete. Selbst wenn der neue Nachbar ein Vampir war, so handelte es sich bestimmt nicht um Dracula persönlich.

»Vielleicht doch!«, behauptete Herr Dickmann einfach.

Kio hatte keine Zeit für den Streit zwischen den Geschwistern. »Beeilt euch! Sonst holen wir ihn nicht mehr ein!«

»Einholen?«, quiekte Minni. »Bist verrückt? Wir können doch nicht einem Vampir hinterherfliegen! Ist doch super, dass er fort ist. Dann können wir die Gelegenheit nutzen und in Ruhe unsere Halloween-Runde drehen.«

Herr Dickmann sah Minni mitleidig an, als ob er sagen wollte: »Auf solche Ideen können nur Mädchen kommen.«

»Jetzt, wo wir seine Spur haben, können wir ihn doch nicht laufen lassen!«

Minni tippte sich an die Stirn. »Spur?«, fragte sie verständnislos. »Was denn für eine Spur? Wir wissen doch sogar, wo er wohnt und wo er seinen Sarg stehen hat. Was brauchen wir denn da für eine Spur?«

»Das verstehst du nicht!«, antwortete Herr Dickmann bloß. »Also, machst du nun mit, oder nicht?«

Minni wollte eigentlich nicht. Aber allein zu Hause bleiben wollte sie auch nicht. Also entschloss sie sich, die Jungs zu begleiten. Blieb nur noch die Frage, wie sie einem Vampir hinterherfliegen sollten.

»Na ja«, räumte Kio ein. »Er ist nicht geflogen, sondern gegangen.«

»Gegangen?« Das kam Minni allerdings sehr merkwürdig vor. Seit wann gingen Vampire zu Fuß?

Doch ihre Frage wurde nicht mehr beantwortet.

Kio und Herr Dickmann rannten zur Tür hinaus, beide – genau wie Minni – noch immer in ihren Halloween-Kostümen.

Minni lief ihnen seufzend hinterher.

Verfolgung!

An der ersten Straßenecke hatten sie die Spur des Vampirs verloren.

»Vielleicht können wir jemanden fragen?«, überlegte Herr Dickmann laut.

Minni lachte auf. »Ob jemand einen Vampir gesehen hat? Die lachen uns doch aus!«

»Heute nicht!«, grinste Herr Dickmann. Er zeigte hinüber auf die andere Straßenseite, wo eine Gruppe von fünf Kindern, als Geister, Monster und Vampire verkleidet, ihre Halloween-Tour begann.

Kio befragte eine Passantin, die tatsächlich einen großen Vampir gesehen hatte. »Von wegen Verkleidung. Die begegnet einem echten Vampir und merkt es nicht. Da sieht man mal, wie gefährlich die Vampire sind.«

Da konnte Herr Dickmann nur zustimmen.

Besonders schaurig war die Richtung, in die der Vampir laut Aussage der Frau gelaufen sein sollte. Alle drei wussten, wohin die kleine Straße führte, in die die Frau gezeigt hatte.

»Zum kleinen Kirchenfriedhof!«, wagte Minni, auszusprechen. Herr Dickmann spürte, wie ihm der Hals trocken wurde. Seine Knie begannen zu zittern, was nicht an dem kalten Wetter lag. Trotzdem fragte er entschlossen: »Gehen wir hinterher?«

Auch Minni und Kio mussten erst einen Augenblick überlegen, aber dann waren sie einverstanden. Deutlich langsamer als zu Beginn ihrer Verfolgung gingen sie die kleine Straße entlang. Trotzdem erreichten sie die Kirche viel zu schnell, fand Herr Dickmann.

In der Kirche brannte kein Licht. Die große, schwere Eingangstür war verschlossen. Oben auf dem Giebel hockten zwei Krähen. Die dichten Wolken am Himmel verdeckten selbst noch das letzte fahle Mondlicht. Nur der schwache Schein der Straßenlaterne vor der Kirche sorgte dafür, dass die Kinder nicht in völliger Finsternis standen. Der Friedhof aber befand sich hinter den alten Gemäuern der Kirche, die das restliche Licht abschirmte. Minni war sich sicher, hinten zwischen den Gräbern nicht mal mehr die Hand vor den Augen sehen zu können.

Somit hatte es auch gar keinen Sinn, bis dorthin weiterzugehen, wandte sie ein.

Doch Kio zog eine Taschenlampe aus seinem Halloween-Kostüm.

Auch Herr Dickmann hatte sich für den geplanten Halloween-Umzug eine Lampe eingesteckt. Nur Minni stand völlig unvorbereitet da, was Herr Dickmann erstens unbegreiflich, zweitens aber mal wieder typisch für seine Schwester fand.

»Woher hätte ich denn wissen sollen …?«, wollte Minni sich gerade verteidigen, doch Herr Dickmann schnitt ihr das Wort ab: »… dass es im Winter abends dunkel ist? Das weiß ja wohl jeder.«

»Ist ja gut!«, maulte Minni. Und nahm ihrem Bruder die Lampe ab.

»He!«, beschwerte sich Herr Dickmann.

»Du gehst mit Kio!«, bestimmte Minni. Sie leuchtete den dunklen, schmalen Weg, der durch den Kirchgarten führte, entlang und ging voran.

»Mädchen!«, zischte Herr Dickmann ärgerlich. Aber dass Minni voranging, war ihm sehr recht.

»Da ist jemand!«, flüsterte Minni und schaltete sofort ihre Lampe aus.

Kio begriff nicht so schnell, worauf Minni ihn anpfiff: »Lampe aus!«

»Moment!«, stotterte er und fummelte mit den dicken Handschuhen an der Lampe herum.

»Mach das Licht aus!«, fuhr Minni ihn an.

Dann endlich hatte Kio den Schalter gefunden und knipste die Taschenlampe aus. Jetzt sah er, was Minni meinte. Nicht weit von ihnen entfernt leuchtete ebenfalls eine Taschenlampe.

»Ducken!«, befahl Minni.

Kio und Herr Dickmann duckten sich.

»Ist das der Vampir?«, fragte Kio leise.

»Na, der Pfarrer aus der Kirche wird es wohl nicht sein«, antwortete Minni schnippisch.

»Ich dachte, Vampire können im Dunkeln sehen«, wunderte sich Kio. »Wie Fledermäuse.«

»Fledermäuse können nicht im Dunkeln sehen, die stoßen Ultraschalltöne aus.«

»Ich weiß«, unterbrach Kio Minnis Zurechtweisung. »Jedenfalls brauchen sie keine Taschenlampen wie der da.«

Der Vampir leuchtete mit seiner Lampe den Grabstein ab, als ob er etwas suchte.

»Was tut der da?«, fragte sich Kio.

»Was will ein Vampir überhaupt auf einem Friedhof?«, fragte sich Herr Dickmann. »Das ergibt doch gar keinen Sinn. Vampire brauchen frisches Blut.«

»Vielleicht schaut er sich die Grabsteine seiner Opfer an?«, überlegte Kio.

Minni glaubte das nicht. Aber was der Vampir hier auf dem Friedhof suchte, und zwar früh am Abend, wusste sie auch nicht. Sicher war nur, noch nie hatte sich ein Nachbar so seltsam benommen wie dieser.

Gern wäre Minni näher herangeschlichen, um genauer sehen zu können, was der Nachbar dort zu suchen hatte. Aber sie traute sich nicht.

Trotzdem: Vielleicht sollten sie es wagen?

Kio hatte auch schon einen Weg entdeckt. Ein paar Meter weiter stand ein kleiner Brunnen. Kurz dahinter eine Sitzbank. Etwas weiter eine große Eiche, deren Stamm breit genug war, sich dahinter zu verstecken. Von dort aus würden sie dem Vampir schon sehr nah sein und ihn gut beobachten können.

Das also waren die Stationen: Brunnen – Bank – Eiche.

»Ich gehe zuerst«, schlug Minni vor, was Herrn Dickmann wiederum sehr recht war.

Minni holte einmal tief Luft, dann rannte sie los. Schon beim ersten Schritt trat sie auf einen Ast, der laut in die Stille der Nacht knackte. Minni erschrak, warf sich zu Boden und verhielt sich still. Der Vampir aber schien nichts bemerkt zu haben. Noch immer stand er nur da und leuchtete mit seiner Lampe auf den Grabstein. Minni erhob sich und rannte weiter. Als sie den Brunnen erreicht hatte, winkte sie Kio zu.

Kio düste los, erreichte ohne Zwischenfall Minni und winkte Herrn Dickmann zu.

Herr Dickmann lief los.

Aber Herr Dickmann konnte nicht gut laufen. Er war zu fett. Schon nach wenigen Schritten blieb ihm die Puste weg. Er schnaufte laut, stampfte über den unebenen Boden zwischen den Gräbern und stolperte plötzlich über etwas. Herr Dickmann streckte die Arme aus, um sich irgendwo zu halten. Er erwischte einen Grabstein, hielt sich daran fest, fiel halb auf den Stein, der aber seinem Gewicht nicht standhielt. Der Stein kippte um. Herr Dickmann schrie auf und stürzte unter einem lauten Aufschrei mitsamt dem Stein in ein frisch ausgehobenes Grab.

Kio blieb fast das Herz stehen vor Schreck.

Auch Minni hielt den Atem an, schaute abwechselnd zur Unglücksstelle und zum Vampir, der den Schrei gehört hatte und aufgeregt durch die Gegend leuchtete.

Kio wollte zu seinem Freund laufen, aber Minni hielt ihn zurück. Erst mussten sie den Vampir in Sicherheit wiegen.

»Wir müssen ihm helfen«, flüsterte Kio aufgeregt.

»Das können wir aber nur, wenn wir nicht erwischt werden«, entgegnete Minni.

Kio wippelte ungeduldig hin und her und sah, wie der Vampir seine Lampe löschte und sich hinter einem Grabstein versteckte.

»Mist, der hat uns im Visier!«, befürchtete Minni.

Doch das glaubte Kio nicht. Sie waren aus ihrem Versteck ja noch nicht herausgekommen, und von Herrn Dickmann war nichts zu sehen. Allerdings konnte man, wenn man genau hinhörte, sein leises Wimmern hören.

»Wir müssen zu ihm«, drängte er.

Minni stimmte nun zu.

»Okay!«

Sie entschieden sich, nicht zu laufen, sondern auf dem Bauch zurück zu Herrn Dickmann zu robben. So konnten sie ihn vielleicht erreichen, ohne vom Vampir gesehen zu werden.

In der Grube

Herr Dickmann hielt sich den Ellenbogen, an dem er sich sicher einen dicken blauen Fleck zugezogen hatte. Sonst aber schien alles in Ordnung zu sein. Er war einigermaßen weich gefallen, weil die Grube frisch ausgehoben und die Erde deshalb sehr locker war. Deshalb war auch der Stein umgekippt. Er war noch gar nicht in die Erde eingelassen, sondern nur hier abgestellt worden.

Die Grube war zu tief, als dass Herr Dickmann aus eigener Kraft hätte herausklettern können. Um Hilfe zu rufen, wagte er auch nicht. Schließlich war der Vampir noch in der Nähe.

Herr Dickmann suchte die Grube nach etwas ab, womit er hinausklettern konnte. Aber er fand nichts als feuchte Erde.

Plötzlich zuckte Herr Dickmann erschrocken zusammen.

Hatte sich da nicht gerade etwas bewegt?

Herr Dickmann presste sich an die erdige Wand und starrte auf die kleine Erderhebung an seinem Fußende, die sich seiner Meinung nach gerade bewegt hatte.

Was war das? Ein Vampir? Ein Zombie? Bohrte sich da direkt vor ihm die Hand eines Untoten durch die Erdkruste ins Freie? Herr Dickmann dachte an seine Gruselbücher, die er so gern las. In einigen von ihnen war genau das geschehen.

»Uäää«, stieß Herr Dickmann aus. »Hilfe!«

Noch gelang es ihm, sich so weit zusammenzunehmen, seinen Hilferuf nur sehr leise auszustoßen. Es brachte ja nichts, hier unten in der Grube um Hilfe zu rufen, um damit oben die Aufmerksamkeit des Vampirs auf sich zu lenken. Aber diese Vernunft hielt nur eine gewisse Zeit, nur so lange, wie das Etwas unter der Erde blieb.

Blieb es aber nicht.

Da!

Jetzt hatte Herr Dickmann es eindeutig gesehen. Der kleine Erdklumpen hatte sich bewegt. Von unten stocherte jemand in der Erde herum, bohrte sich nach oben durch.

Herr Dickmann sprang auf, stellte sich auf die Zehenspitzen, reckte die Arme nach oben, ließ aber den Erdklumpen nicht aus den Augen.

Da berührte ihn etwas von oben an den Händen.

Herr Dickmann schrie laut auf.

»Pst!«, zischte ihm Kio zu, der oben auf dem Bauch lag und in die Grube hineinschaute. Aber er hatte seine Maske noch auf, sodass nicht Kio, sondern eine Monsterfratze Herrn Dickmann anblickte.

Beim zweiten Blick erkannte Herr Dickmann die Maske.

»Bist du blöde?«, brüllte Herr Dickmann. »Du erschreckst mich zu Tode!«

»Pst!«, wies Minni ihn zurecht, deren Gesicht nun ebenfalls oben am Grubenrand auftauchte. »Du weckst ja alle auf.«

»Wen?«, fragte Kio entgeistert. »Die Toten?«

»Holt mich endlich hier heraus«, forderte Herr Dickmann. »Hier unten bewegt sich etwas!«

»Hier oben auch!«, erwiderte Kio.

»Was?« Minni drehte sich um und sah, was Kio meinte. »Ach, du Schreck! Der Vampir!«

Herr Dickmann sah nur, wie Kio vor Angst seine Augen aufriss und entsetzt in die Richtung zeigte, wo der Vampir zuvor gestanden hatte.

»Er kommt auf uns zu!«, hauchte Kio.

»Ducken!«, entfuhr es Minni instinktiv. Dann aber merkte sie selbst, dass sie bereits auf dem Bauch lag. Noch flacher konnte man sich nicht machen.

Der Lichtkegel der Lampe suchte die Wege des Friedhofs ab. Ganz offenbar hatte der Vampir Herrn Dickmanns Gebrüll gehört.

»Verflixt!«, ärgerte sich Minni. »Das kommt von deinem Geschrei!«

»Aber …?«, widersprach Herr Dickmann.

Doch Kio ging dazwischen. »Was machen wir denn jetzt?«

»Runter!« Etwas Besseres fiel Minni auf die Schnelle nicht ein. Sie zeigte in das Grab, in dem Herr Dickmann hockte und aus dem er so schnell wie möglich herauswollte.

Stattdessen sprang Minni zu ihm hinein.

»Was tust du denn da?« Herr Dickmann raufte sich verzweifelt die Haare. »Hier ist etwas. Dort!«

Er zeigte auf den kleinen Erdhügel. Doch der war nicht mehr da. Minni hatte ihn bei ihrer Landung platt gedrückt. Herr Dickmann schaute auf die Stelle, wo das Monster oder was auch immer da unter ihren Füßen sich in der Erde bewegte, nun auftauchen müsste.

Kio starrte noch immer auf den Lichtkegel der Taschenlampe. Er konnte sich nicht entschließen, in das Grab hineinzuspringen.

Minni nahm ihm die Entscheidung ab, indem sie ihn einfach packte und zu sich herunterzog.

Kio quiekte kurz auf. Dann lag er zwischen den Geschwistern in der Erde.

»Und jetzt ganz still!«, verlangte Minni. Sie legte warnend ihren Finger auf den Mund.

Dann horchte sie, ob sie den Vampir oben noch hören konnte. Auch Kio horchte. Aber auch er konnte nicht ausmachen, wo sich der Vampir jetzt gerade befand und in welche Richtung er ging. Der Vampir schlich zu leise. Oder er flog nun doch.

Minni und Kio schauten hinaus und wünschten sich, dass der Vampir sie nicht fand.

Herr Dickmann schaute unterdessen auf den Boden. Jeden Moment rechnete er mit dem Monster, das aus dem Boden hervorbrach.

Aber nichts brach aus dem Boden hervor. Und auch kein Vampir flog über die Grube. Innerhalb der folgenden fünf Minuten nicht. In den nächsten zehn Minuten nicht. Und auch nach zwanzig Minuten nicht.

Kio begann zu frieren. Eine Gänsehaut überzog seinen Körper, seine Füße hatten sich in Eisklumpen verwandelt.

»Ich glaube, wir können es wagen«, schlug er mit bibbernden Lippen vor und hoffte dabei insgeheim, Minni oder Herr Dickmann würden vorangehen.

Doch Kio war der Leichteste der drei und so schlug Herr Dickmann vor, Kio sollte auf seine Schultern steigen und Ausschau nach dem Vampir halten.

»Puh!«, stöhnte Kio. »Und wenn er noch da ist?«

»Dann lass dich nicht erwischen!«, antwortete Minni knapp. »Also los, du Angsthase!«

Angsthase!, dachte Kio beleidigt. Sie befanden sich in der Grube eines frisch ausgehobenen Grabes, abends im Dunkeln auf einem einsamen Friedhof und versteckten sich vor einem echten Vampir! Es gab ja wohl kaum eine Situation, die mehr Anlass bot, Angst zu haben!

Trotzdem nahm Kio seinen ganzen Mut zusammen, kletterte auf Herrn Dickmanns Schultern und konnte so aus der Grube herausschauen.

Er sah sich um – und atmete erleichtert auf.

Weit und breit war niemand zu sehen. Kein

Licht einer Taschenlampe, kein Vampir, kein Mensch. Nichts.

»Gut!«, sagte Herr Dickmann erleichtert.

»Vampire können sich übrigens verwandeln«, berichtete Minni. »Vielleicht in einen Käfer oder einen Regenwurm!«

»WAS?«, schrie Kio entsetzt auf. Denn genau vor seiner Nase kroch gerade ein dicker brauner Käfer vorbei, dessen grünlich-schwarzer Panzer im Mondlicht metallisch glitzerte.

Vor Angst begann Kio zu zappeln. Herr Dickmann konnte ihn nicht mehr halten. Und Kio krachte hinunter in die Grube.

»Aber ich glaube nicht, dass dein Nachbar sich verwandelt hat«, sprach Minni ruhig zu Ende.

»Mann!« Kio schaute Minni böse an.

Herr Dickmann half Kio hoch für einen zweiten Versuch. Diesmal nahm Kio sich nicht die Zeit, sich erst umzusehen, sondern kletterte gleich aus der Grube heraus.

Nach ihm folgte Minni auf demselben Weg.

Zum Schluss zogen die beiden Herrn Dickmann aus der Grube heraus.

»Jetzt will ich aber nur noch nach Hause!«, stellte Kio klar.

Auch Minni und Herrn Dickmann hielt es keine Sekunde länger hier. Aber alle drei wussten, dass damit ihr Problem nicht gelöst war. Im Gegenteil: Ihr Problem wohnte direkt neben ihnen. Der Vampir im Nachbarhaus!

Antivampir-Maschine

Als Herrn Dickmanns Eltern vom Elternabend nach Hause zurückkehrten, staunten sie nicht schlecht: Das ganze Haus hing voller Knoblauch. Zum Glück war ja Halloween! Da musste man nicht viel erklären.

Minni lag stinksauer im Bett und stellte sich schlafend. Denn ihr Bruder hatte sich kurzerhand entschieden, die Nacht bei Kio zu verbringen.

Vorsorglich und um allen weiteren Fragen der Eltern aus dem Weg zu gehen, hatte Minni einen Zettel auf den Wohnzimmertisch gelegt, auf dem stand: *»Falls ich schon schlafe, Herrmann schläft bei Kio.«*

Herr Dickmann saß also drüben bei Kio im Zimmer und beobachtete das Haus des Nachbarn, während Kio an Kuzip 12 herumschraubte.

Kio hatte die Zimmertür von innen mit einem dicken schwarzen Vorhang zugehängt, sodass kein Lichtschein durch die Ritzen drang. Seine Eltern sollten nicht merken, dass er noch nicht im Bett war.

Herr Dickmann sah, dass aus dem Kellerfenster des Nachbarhauses ein Lichtschein flackerte. Wohlgemerkt: Es flackerte! Mit anderen Worten: Dort brannten Kerzen, wie man es von Vampiren auch erwartete.

»Wieso ist der schon zurück?«, fragte sich Herr Dickmann.

Seine Uhr zeigte gerade mal halb zehn Uhr abends. Für sie zwar längst Schlafenszeit, aber doch nicht für einen Vampir!

Kio konnte leider gerade nicht gucken. Er drehte die letzten Schrauben an Kuzip fest.

»Fertig!«, sagte er dann.

Herr Dickmann betrachtete Kios Werk.

»Super!«, lautete sein Urteil.

Der Roboter sagte nichts, aber es darf bezweifelt werden, dass er ebenso zufrieden mit seiner neuen Funktion war wie Herr Dickmann. Auf dem Kopf, zwischen den beiden Antennen, hatte Kio dem Roboter ein Kreuz aus Metall angeschraubt. Und um den Hals hatte er ihm einen Knoblauchkranz gehängt.

Kuzips Augen bestanden aus Kameralinsen.

Da sich Vampire in der Regel aber weder fotografieren noch filmen ließen, konnte Kuzip wohl auch keine Vampire sehen. Wichtiger waren deshalb die beiden Lampen, die Kio zu beiden Seiten neben die Mikrofon-Ohren des Roboters gelötet hatte.

Kio hatte sie im Keller seines Vaters gefunden und sie erst gar nicht nehmen wollen, weil er wusste, dass sie ein halbes Vermögen kosteten. Doch sie konnten unmöglich auf sie verzichten, fand Herr Dickmann. Denn es handelte sich nicht um gewöhnliche Taschenlampen, sondern um zwei Leuchten, deren Lichteigenschaften exakt denen des Tageslichts entsprachen.

Und da Vampire an Tageslicht zugrunde gingen, konnte Kuzip sich mit dieser Ausrüstung nicht nur Vampire vom Hals halten, sondern im Gegenteil auch aktiv angreifen und die Blutsauger vernichten.

Aber die Leuchten benötigten viel Strom. Deshalb hatte Kio einen zusätzlichen Akku einbauen müssen, den er aus einem anderen halb fertigen Experiment entnommen hatte.

Seit einiger Zeit bastelte Kio heimlich an einer Mädchenausführung von Kuzip 12. Aber das behielt er lieber für sich. Herr Dickmann wäre bestimmt nicht begeistert, neben seiner Schwester Minni noch ein Mädchen um sich dulden zu müssen – selbst, wenn es sich nur um ein Roboter-Mädchen handelte. Deshalb verriet Kio auch nicht, woher er den Akku besorgt hatte. Glücklicherweise fragte Herr Dickmann auch nicht.

»Achtung!«, rief Kio. Und hielt schnell einen Finger an die Lippen. Sie durften nicht zu laut sein, um seine Eltern nicht unnötig auf sie aufmerksam zu machen.

Er knipste einen Schalter an Kuzips Hinterkopf an, den der Roboter eine halbe Stunde zuvor noch nicht besessen hatte.

Herr Dickmann wich zurück und hielt sich schützend die Hände vor die Augen. Kuzip blendete ihn mit hellstem Sonnenlicht.

»Wow!«, stieß er bewundernd aus. »Genial! Die reinste Vampirabwehrmaschine!«

Kio nickte zufrieden. Und stellte die Lampen wieder aus. Denn leider brauchten sie enorm viel Energie. Brannten die Lampen, hielt der Akku nicht sehr lange.

»Ich denke, damit können wir es jetzt wagen!«, glaubte Herr Dickmann, nachdem er Kuzip 12 noch einmal eingehend inspiziert hatte.

»Was wagen?«, fragte Kio verwundert nach.

»Was schon?«, fragte Herr Dickmann zurück. »Deinem Nachbarn, dem Vampir, einen kleinen Besuch abzustatten!«

Kio wurde blass.

»Du willst doch nicht etwa dort

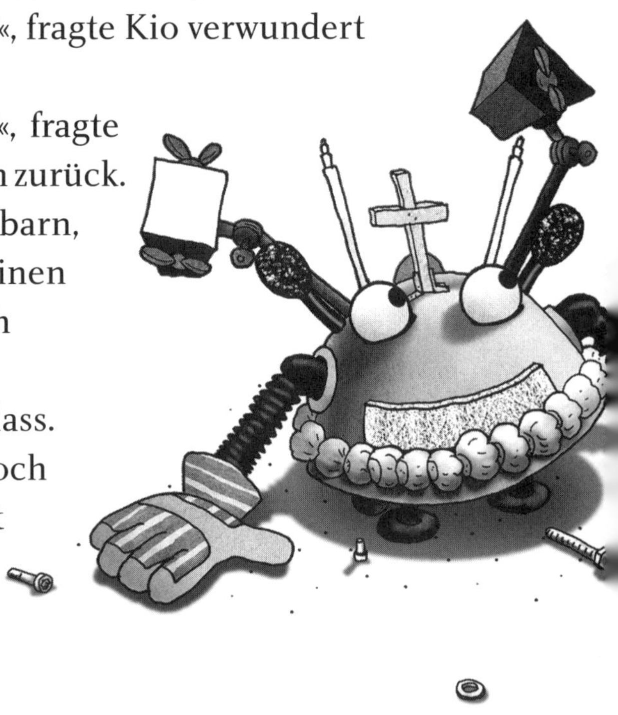

rüber?«, vergewisserte sich Kio und zeigte hinüber zum Nachbarhaus.

»Natürlich will ich das!«, bestätigte Herr Dickmann Kios schlimmste Befürchtungen. »Meinst du, ich schaue tatenlos zu, wie sich dort eine neue Vampirgruft gründet? Wir müssen das verhindern!«

»Wieso wir?«, wollte Kio wissen.

Herr Dickmann schüttelte den Kopf über die Frage.

»Wer denn sonst?«, fragte er. Das war doch eine glasklare Sache. »Also los!«

Achtung, Fledermäuse!

Minni konnte nicht einschlafen. Ihre Eltern hatten kurz ins Zimmer geschaut und sich leise wieder hinausgeschlichen, weil Minni so getan hatte, als ob sie schlief. Dann hatte sie ihre kleine Leselampe angeknipst und versucht, in ihrem Buch weiterzulesen, aber es ging nicht. Es war nicht nur der Ärger über ihren Bruder, weshalb sie sich nicht auf die Geschichte konzentrieren konnte, sondern vor allem ihr ständiger Gedanke an den vampirhaften Nachbarn. Bis zum heutigen Abend hatte sie nicht an die Existenz echter Vampire geglaubt und Halloween mehr als eine Art Kostümfest betrachtet.

Aber an diesem Abend hatte sie es mit eigenen Augen gesehen: den Sarg, den Nachbarn im

Vampirumhang, sein Besuch auf dem Friedhof, die Krähen.

Minni klappte ihr Buch zu, stand auf, schaute aus dem Fenster hinüber zu dem seltsamen Nachbarn – und traute ihren Augen nicht. Dort unten hoben ihr Bruder und Kio gerade Kuzip 12 über den Zaun des Nachbarn.

Immer wieder schaute Kio sich ängstlich in alle Richtungen um. Wenn der Vampir mitbekam, dass sie über den Zaun in seinen Garten kletterten, würde er bestimmt ungemütlich werden und sie im schlimmsten Fall beißen und zu Vampiren machen.

»Wir haben doch Kuzip als Antivampir-Maschine«, versuchte Herr Dickmann, Kio zu beruhigen.

Doch Kio wusste, wie oft der Roboter dazu neigte, nicht zu funktionieren, wenn es darauf ankam, oder – noch schlimmer – etwas vollkommen anderes zu tun, als sein Programm vorsah. Und zu alledem bestand noch die Gefahr, nicht vom Vampir, sondern von Kios Mutter erwischt zu werden. Auch sie wäre alles andere als begeistert, ihn und Herrn Dickmann allein hier draußen mitten in der Nacht anzutreffen. Und gegen seine Mutter gab es keine Abwehrmaschine.

»Was tut ihr da?«

Kio zuckte vor Schreck zusammen. Gerade noch hatte er an seine Mutter gedacht, nun hatte sie sie entdeckt. Dachte er. Erst im zweiten Moment fiel ihm auf, dass es gar nicht die Stimme seiner Mutter war, die da zu ihnen sprach. Es war Minnis Stimme.

»Was machst du denn hier?«, staunte Herr Dickmann.

»Das habe ich gerade euch gefragt«, stellte

Minni klar. »Ich habe euch vom Fenster aus gesehen!«

»Oje!«, stöhnte Kio. Genau so wie Minni sie entdeckt hatte, konnten sie natürlich auch von seinen Eltern oder den Dickmanns gesehen werden, wenn die aus dem Fenster schauten.

»Haben Mama und Papa dich gesehen?«, fragte Herr Dickmann dann auch gleich.

Minni schüttelte den Kopf. »Natürlich nicht! Sonst wäre ich wohl kaum hier. Also, was tut ihr hier?«

Herr Dickmann erklärte ihr die Vampirabwehrmaschine.

Da es sich dabei aber lediglich um den leicht veränderten Roboter Kuzip handelte, verdrehte Minni nur die Augen.

»Ihr glaubt doch nicht wirklich, dass ein Vampir sich von diesem Blecheimer verscheuchen lässt?«, fragte sie bissig.

»Wenn nicht, dann bestimmt aber von so einer Vogelscheuche wie dir«, giftete Herr Dickmann zurück. Ihm wäre es lieber gewesen, seine Schwester wäre oben in ihrem Zimmer geblieben. Immer wusste sie alles besser, bloß, weil sie seine große Schwester war.

Herr Dickmann und Kio hoben den kleinen Roboter nun endgültig über den Nachbarzaun und schlichen sich an das Haus heran. Minni stand Schmiere und behielt den Garten im Auge. Sie prüfte auch, ob ihre oder Kios Eltern mittlerweile an einem der Fenster auftauchten.

Doch die Fenster blieben dunkel. Niemand zu sehen. Ihre Eltern schliefen oder sahen vielleicht noch fern oder lasen ein Buch.

Herr Dickmann und Kio hockten schon vor dem Kellerfenster des Nachbarn.

Während Kio Minni zuwinkte, versuchte Herr Dickmann schon, durchs Fenster zu spähen.

Minni folgte Kios Ruf, rannte über den Rasen und ging, als sie ihren Bruder und Kio erreichte, gleich wieder in Deckung. Dabei achtete sie sehr darauf, sich nicht direkt neben den Blecheimer zu setzen. Bei Kuzip 12 war Minni stets auf das Schlimmste gefasst.

»Hört ihr?«, flüsterte Herr Dickmann.

Kio und Minni lauschten.

Eine unheimliche Musik drang aus dem Keller zu ihnen hinauf. Wie Kirchenmusik hörte sie sich an. Eine Orgel dröhnte und ein Männerchor sang.

Herrn Dickmann schauderte es. Der Gesang war zum Gruseln. Aber schauriger als in dem Grab auf dem Friedhof konnte es kaum noch werden. Trotzdem wagte er es nicht, noch dichter an die Scheibe des Kellerfensters heranzugehen, um vielleicht sehen zu können, was sich dort unten im Keller abspielte.

Minni zeigte mehr Mut. Sie schob ihren Bruder ein Stückchen beiseite und robbte an das Fenster heran. Aber es war zu schmutzig und im Keller zu dunkel, um etwas erkennen zu können.

Minni drückte leicht gegen das Fenster und stellte überrascht fest: »Es ist offen!«

»Du willst doch wohl nicht dort hineinklettern?«, fragte Herr Dickmann erschrocken.

»Weshalb sind wir denn sonst hier?«, fragte Minni zurück.

Herr Dickmann zeigte auf Kuzip 12. »Damit er reingeht!«

Minni konnte es sich nicht verkneifen, kurz aufzulachen. Dann wandte sie sich an den Roboter. »Na, Kuzip 12. Bist du bereit, den Vampir zu jagen?«

»Er-bit-te De-fi-ni-ti-on von Vam-pir!«, sprach Kuzip, wie immer in Silbentrennungs-Sprache.

»Da siehst du's«, triumphierte Minni. »Die Blechkiste weiß nicht einmal, was ein Vampir ist!«

Herr Dickmann schaute vorwurfsvoll zu Kio, der entschuldigend mit den Schultern zuckte. »Das wusste ich nicht, dass er darauf nicht programmiert ist!«

Herr Dickmann stöhnte.

»Das darf ja wohl nicht wahr sein! Wir bauen ihn um zu einer Vampirabwehrmaschine und der weiß nicht einmal, was ein Vampir überhaupt ist?«

Kio zuckte mit den Schultern.

Minni grinste. Das hatte sie doch gleich gewusst, dass mit Kuzip 12 nichts anzufangen war.

Herr Dickmann aber gab nicht so schnell auf. Warum sollte man einem intelligenten Roboter nicht beibringen können, was ein Vampir war?

Er flatterte mit den Armen wie ein Vogel mit den Flügeln.

Jedenfalls sollte es so aussehen.

»Vampir!«, sagte er. »Fledermaus. Verstehst du?«

»Le-der-maus?«, fragte Kuzip nach. »Maus. Im All-ge-mei-nen ein Na-ge-tier aus der Ü-ber-fa-mi-lie der …«

»Nein, nein!«, unterbrach Herr Dickmann die Lexikonerklärung, die Kuzip 12 herunterleierte.

Minni kicherte.

»Nicht Maus. Fledermaus. FLEDER!«

»Fle-der un-be-kannt!«, stellte Kuzip 12 fest.

»Ich geb's auf«, stöhnte Herr Dickmann.

»Sag ich doch. Total dämlich, der Blecheimer«, fühlte Minni sich bestätigt.

»Das ist eine Fledermaus!« Kio zeigte hinauf auf den Dachstuhl des Hauses, aus dem tatsächlich gerade zwei Fledermäuse flogen.

»Ihhhh!«, quiekte Herr Dickmann.

Minni warf sich auf den Boden.

»Was denn?«, fragte Kio.

»Mi-cro-chi-rop-te-ra!«, quäkte Kuzip 12.

»Hä?«, fragte Kio.

Minni hob vorsichtig den Kopf.

»Der Blecheimer kennt tatsächlich nur den lateinischen Namen für Fledermaus.«

Minni konnte es nicht fassen.

»Aha!«, strahlte Kio. »Aber er hat sie erkannt. Ist doch super!«

»Super?« Herr Dickmann sprang auf. »Bist du plemplem? Weißt du, was es bedeutet, wenn eine Fledermaus aus dem Haus eines Vampirs fliegt?«

Kio schüttelte den Kopf. Er wusste es nicht.

»Das waren die Vampire«, erklärte Herr Dickmann. »Vampire verwandeln sich in Fledermäuse und fliegen aus. Genau so, wie wir es vorhin erwartet haben, als er aber zu Fuß zum Friedhof ging. Jetzt sind sie auf der Jagd. Auf der Jagd nach Blut!«

Die letzten Worte flüsterte Herr Dickmann geheimnisvoll. Dabei zeigte er Kio die Krallen, als ob er ihn jetzt überfallen wollte.

Kio schluckte.

Herr Dickmann grinste. »Das ist unsere Chance. Solange die Vampire nicht im Haus sind, können wir in den Keller und uns umsehen. Ich denke, wir haben bis zum Morgengrauen Zeit.«

»Bis zum Morgengrauen?«, wiederholte Kio entsetzt. »Ich muss nach Hause, ins Bett!«

»Ha!«, entgegnete Herr Dickmann. »Und darauf warten, dass die Vampire kommen und dir in den Hals beißen?«

Kio fasste sich unwillkürlich an den Hals und zog schnell seinen Kragen hoch.

»Also los!«, gab Herr Dickmann das Kommando und stutzte.

»Minni?«, rief er.

Seine Schwester war fort!

In der Vampirgruft

Im nächsten Moment tauchte Minni aber schon wieder auf. Ihr Kopf schaute aus dem Kellerfenster heraus.

»Wo bleibt ihr denn, ihr Schlafmützen?«, fragte sie.

»Wie bist du denn da hineingekommen?«

Herr Dickmann betrachtete das Kellerfenster und runzelte die Stirn. Er zweifelte, ob er durch das kleine Fenster hindurchpassen würde.

Neidvoll blickte er Kio hinterher, der wieselflink durch die Kellerluke schlüpfte.

»Komm!«, rief er Herrn Dickmann zu.

»Soll ich nicht erst Kuzip herunterreichen?«, schlug Herr Dickmann vor.

»Nein!«, rief Minni ihm entgegen. »Auf gar keinen Fall!«

»Wieso nicht?«, widersprach Herr Dickmann. Schon hatte er den Roboter gepackt, um ihn durch das Fenster zu schieben.

»Nicht!«, wollte Kio noch sagen. Doch dazu kam er nicht.

Ein Teleskoparm des Roboters baumelte schon durchs Fenster. Das genügte.

Mit einem ohrenbetäubenden Lärm begann Kuzip zu heulen. Gleichzeitig blinkte der Roboter am ganzen Körper blau.

»Ach du Scheiße!«, erschrak Herr Dickmann.

»Was ist das denn?«, kreischte Minni und hielt sich die Hände an die Ohren.

Kuzips Geheule war nicht zum Aushalten.

»Kuzips Einbruchssicherung!«, brüllte Kio gegen den Roboter an. »Man darf ihn nicht durch ein Fenster schieben. Er muss immer die Tür benutzen!«

Minni lief erst rot, dann weiß an vor Wut.

»Tickst du nicht mehr richtig?«, keifte sie.

Schon ging draußen im Garten das Licht an.

»Stell ihn ab!«, forderte Minni. »Stell ihn sofort ab!«

»Moment!«, antwortete Kio. »Ich hab mir den Code aufgeschrieben!«

»Da!« Herr Dickmann zeigte mit Schrecken in den Garten. »Da kommt jemand!«

In dem Augenblick ging auch vor Kios Haus das Licht an. Kios Vater kam heraus, suchte nach Kuzip und rief ihn.

Herr Dickmann beobachtete, wie sich jemand suchend im Garten umschaute. Wahrscheinlich versuchte er, zu erkennen, woher der Lärm kam. Dann sah er Kios Vater und ging auf ihn zu. »Dein Vater redet mit dem Vampir!«, gab Herr Dickmann zu Kio durch.

»Wir müssen Kuzip opfern!«, entschied Minni.

Bevor Herr Dickmann oder Kio etwas einwenden konnten, wies Minni ihren Bruder an, den Roboter in den Garten hinauszuschieben.

»Los!«

Herr Dickmann fand die Entscheidung nicht richtig, aber ihm fiel auf die Schnelle auch nichts Besseres ein. Noch immer heulte Kuzip ohrenbetäubend schrill, seine Lampen blinkten, und Kio fand den Code nicht.

Also schnappte sich Herr Dickmann den Roboter, stieß ihn an und gab ihm mit auf den Weg: »Geh nach Haus!«

Kuzip stiefelte auf seinen neuen Füßen zum Gartenzaun, während Minni und Kio sich hinter dem Kellerfenster zurückzogen und Herr Dickmann sich hinter einem Busch so klein wie möglich machte, um nicht entdeckt zu werden.

Kios Vater und der Vampir-Nachbar schauten verwundert auf Kuzip, der ihnen heulend entgegenkam.

Kios Vater sprang über den Zaun, nahm den Roboter in Empfang und tippte auswendig den Code ein. Endlich verstummte Kuzip. Kios Vater entschuldigte sich tausendmal bei dem Nachbarn. Er könne sich auch nicht erklären, wie der Roboter sich selbstständig machen konnte und wie er über den Zaun gekommen war. So viel konnte Herr Dickmann noch verstehen.

Der Nachbar nahm die Entschuldigung an. Die beiden verabschiedeten sich und gingen in ihre Häuser zurück. Das Licht in den Gärten erlosch und die drei Kinder blieben im Dunkeln zurück.

»Das war knapp!«, atmete Minni durch. »Fast hätten sie uns erwischt …«

»Ich finde, der Nachbar sah gar nicht mehr aus wie ein Vampir!«, überlegte Kio laut.

Davon wollte Herr Dickmann aber nichts hören. Das wusste doch jedes Kind, wie Vampire sich verwandeln konnten. In diesem Moment noch freundlicher Nachbar, im nächsten eine Fledermaus, die aus dem Dachstuhl hinausfliegt, und Sekunden später bereits ein blutrünstiges Monster, auf der Suche nach frischem Menschenblut.

Wie auf ein Stichwort rief Minni dann auch: »Blut!«

Sie zeigte auf den Boden im Keller. Kio bestätigte ihre Beobachtung.

Für Herrn Dickmann gab es nun kein Halten mehr. Er zwängte sich durchs Kellerfenster ins Haus hinein.

»Schaut euch das an!«, hauchte Herr Dickmann.

In der Mitte des Raumes stand ein aufgebahrter, verschlossener Sarg, der nur vom Licht der Kerzen geheimnisvoll beleuchtet wurde, die an den Wänden in gusseisernen Ständern steckten. Der Boden bestand aus uralten Felssteinen, die dem Raum eine kühle Atmosphäre verliehen und zudem ein frostig-feuchtes Klima schufen. Auch die Wände waren mit alten Natursteinen gemauert. Neben den Kerzen gab es eigentlich nichts, was den Raum ausschmückte, außer ein paar durchsichtige schwarze Tücher und riesige Spinnweben, von denen Minni aber glaubte, auch sie wären aus Stoff.

Woher die Musik kam, die noch immer im Keller spielte, konnten die Kinder nicht ausmachen. Irgendwie war sie einfach da, ohne dass Lautsprecher oder ein CD-Player zu sehen gewesen wären.

Trotz des unentwegt singenden und summenden Kirchenchores hörte Herr Dickmann plötzlich Schritte, die eindeutig auf sie zukamen.

»Hört ihr die auch?«

Kio nickte.

Und jetzt nahm auch Minni sie wahr. »Da kommt jemand auf die Tür zu! Schnell! Versteckt euch!«

»Verstecken?«, wiederholte Kio. »Wo denn?«

Es gab nichts in diesem Kellerraum, wo man sich verstecken konnte, außer …

»Oh nein!«, rief Kio. »Auf gar keinen Fall. Das Grab auf dem Friedhof hat mir gereicht! Nicht auch noch das!«

Herr Dickmann wusste, wovon Kio sprach. Es gab nur eine einzige Möglichkeit, sich hier im Keller zu verkriechen. Herr Dickmann schaute angewidert auf den aufgebahrten Sarg.

»Was ist, wenn da schon einer drinnen ist?«, fragte Kio.

»Wer soll denn dort drinnen liegen?«, wandte Minni ein. »Der Nachbar ist oben. Den haben wir doch gesehen. Das wird sein Bett sein.«

»Sein Bett?« Kio hatte ja schon vieles gehört und war auch so manches von seinem Vater gewohnt, aber nicht, dass jemand in einem Sarg schlief. Aber er hatte ja auch noch von niemandem gehört, der einen echten Vampir zum Nachbarn hatte.

»Wenn du so sicher bist, dann öffne du ihn«, wies Herr Dickmann seine Schwester an.

»Wir müssen uns beeilen. Die Schritte kommen näher!« Kio hielt sein Ohr an die Kellertür. Dann schaute er hinauf zum Kellerfenster. Warum kletterten sie nicht einfach wieder aus dem Fenster hinaus und liefen schnell nach Hause?, fragte er sich.

Doch da …

Das offene Kellerfenster klappte zu.

»Da war jemand!«, rief Kio entsetzt. »Jemand hat das Fenster von außen geschlossen!«

Die Blicke von Herrn Dickmann und Minni schossen hinauf zum Fenster. Es stimmte. Das Fenster, das eben noch offen stand, war jetzt geschlossen. Aber sehen konnten sie niemanden.

»Bestimmt der Wind«, beruhigte Minni.

Aber Kio glaubte das nicht. Er hatte eindeutig einen Fuß gesehen. Schnell kletterte er zum Fenster hinauf und wollte es wieder öffnen. Aber es ging nicht.

»Es ist verriegelt!«

Das wiederum konnte Herr Dickmann sich nicht vorstellen. Seit wann konnte man Fenster von außen verriegeln? Das ergab doch keinen Sinn.

»Zieh noch mal kräftig«, riet er Kio.

Kio versuchte es. Doch das Fenster ließ sich nicht öffnen. »Als ob jemand es von außen zudrückt«, jammerte Kio und sprang vom Fenster

fort zurück in den Keller. »Wir kommen hier nicht mehr heraus!«

Minni öffnete den Sarg einen ganz kleinen Spalt.

Erleichtert stellte sie fest, dass sie recht behalten sollte. Im Sarg lag kein Vampir.

»Los!«, rief sie den anderen beiden zu. »Rein mit euch!«

»Und was ist, wenn der Vampir sich in sein Bett schlafen legen will?«, fragte Kio ängstlich.

»Vampire schlafen nachts nicht«, versicherte Minni ihm. Und stieg in den Sarg.

Herr Dickmann kam als Zweiter.

Als Letzter kletterte Kio in den Sarg hinein. Ihm war ganz und gar nicht wohl dabei. Aber es war immer noch besser, als allein in dem dunklen Keller zu bleiben und dem Vampir, der jeden Moment in den Keller kam, ausgeliefert zu sein.

»Los!«, fauchte Minni ihn an und schloss von innen den Deckel. In dem Moment flog die Kellertür auf.

Gefangen im Sarg

Herr Dickmann, Kio und Minni konnten nichts mehr sehen.

In dem Sarg war es stockfinster.

Sie hörten nur die Schritte um sie herum.

Der Vampir durchsuchte den Keller.

Für Kio war das gar keine Frage. Natürlich würde der Vampir in seinem Sarg nachsehen und sie entdecken. Um dem Vampir nicht direkt in sein blutrünstiges Gesicht schauen zu müssen, schloss er schon mal vorsorglich die Augen. Sehen konnte er gerade ja ohnehin nichts.

Sie hörten, wie der Vampir um den Sarg herumschlich. Aber seltsamerweise hob er nicht den Deckel an. Kio konnte es sich nicht erklären. Es gab doch überhaupt kein anderes Versteck in diesem Kellerraum. Wenn der Vampir nach ihnen suchte, dann musste er einfach hier nachschauen. Jeden Moment. Es konnte sich nur noch um Sekunden handeln. Gleich würde der Vampir sie entdecken. Kio hätte am liebsten aufgeschrien.

An seinem Ohr spürte er Herrn Dickmanns Atem, der neben ihm lag und schwer vor sich hin schnaufte.

»Pst«, zischte Minni.

Aber Kio sagte gar nichts. Herr Dickmann auch nicht. Wen also meinte sie?

Kio hielt die Luft an, horchte – und hörte, was Minni aufgeschreckt hatte. Ein leises Miauen.

Eine Katze!

Kio erinnerte sich schlagartig an einen Suchzettel, der an einem Laternenpfahl hing. Auf dem Schulweg hatte er ihn gesehen. Jemandem war eine getigerte Katze entlaufen, für die er nun einen Finderlohn ausgesetzt hatte.

In Kio zog sich alles zusammen. Was, wenn der Vampir gar nicht auf Menschenblut aus war, wie sie bisher angenommen hatten, sondern nur

Tiere killte? Vielleicht sogar nur Katzen? Hatte Minni auf dem Kellerboden nicht Blutstropfen entdeckt?

Möglicherweise waren auch die Geschmäcker von Vampiren verschieden. Kio konnte sich gut vorstellen, dass Menschenblut ganz anders schmeckte als Katzenblut. Vielleicht existierten auch unter den Vampiren Feinschmecker und Vielfraße. Welche, die alles und jeden aussaugten, und andere, die äußerst wählerisch waren.

»Er ist weg!«, flüsterte Minni.

Kio fragte sich, woher Minni das so genau wissen wollte. Er musste aber zugeben, dass auch er nichts mehr hörte.

Keine Schritte. Keine Geräusche. Nichts. Nicht einmal mehr das Miauen der Katze.

Hatte der Vampir sie mit einem Biss getötet?

»Kommt«, sagte Minni. »Raus hier!«

Sie wollte den Deckel öffnen, aber es ging nicht.

»Was soll das heißen, es geht nicht?«, fragte Herr Dickmann seine Schwester in bissigem Ton.

»Das soll heißen, dass es nicht geht«, giftete Minni zurück. »Versuch du es doch!«

»Wieso ich? Du hast den Sarg doch verschlossen.«

Kio konnte den Streit der beiden Geschwister nicht mehr hören. »Sagt nicht, wir sind in einem Sarg eingeschlossen!«, jammerte er.

»Frag meine Schwester«, antwortete Herr Dickmann.

Kio platzte der Kragen. »Wir müssen hier raus!«

Gleichzeitig schossen ihm die Tränen in die Augen. Plötzlich wurde ihm die Enge in diesem Sarg bewusst. Man konnte sich überhaupt nicht bewegen. Und er hatte das Gefühl, dass der Sarg um ihn herum immer kleiner wurde.

Kio wollte nur noch raus, und das so schnell wie möglich.

Er stemmte sich gegen den Deckel und drückte mit aller Kraft dagegen.

Tatsächlich bewegte sich der Deckel ein wenig.

»Helft mit!«, forderte er Herrn Dickmann und seine Schwester auf.

»Wobei?«, fragte Herr Dickmann. In dem finsteren Sarg war nicht zu erkennen, was Kio da gerade tat.

Kio erklärte es ihm.

»Gute Idee«, fand Minni und machte es Kio sofort nach.

Auch Herr Dickmann presste mit seinen Schultern und seinem Hintern gegen den Deckel.

Ein kleines bisschen hob sich der Deckel vom Sarg.

»Jaaaa!«, ächzte Kio. »So klappt es! Weiter!«

Dann hörten sie ein Krachen, der Deckel flog auf und polterte mit einem lauten Rums auf den Boden.

Endlich waren sie frei!

Kio sprang auf, blieb dann aber im offenen Sarg sitzen. Die Kerzen im Keller waren erloschen. Bis auf den schummrigen Mondschein war es stockdunkel.

Kio ruderte mit den Armen wie beim Schwimmen, um zu prüfen, ob er wirklich nicht mehr im Sarg eingezwängt lag.

Plötzlich blitzten ihn zwei Augen aus der Dunkelheit an.

Kio quiekte auf, erkannte aber dann, dass es sich um die Katze handelte.

»Macht mal Licht an!«, schlug Herr Dickmann vor.

»Scherzkeks«, lästerte seine Schwester. »Wie denn? Wir sehen auch nichts.«

Sie versuchte, blindlings tastend aus dem Sarg zu klettern. Es gelang nicht. Plötzlich verlor sie das Gleichgewicht und stürzte aus dem Sarg. Sie fiel auf die zwei blitzenden Augen, die fauchend und laut miauend beiseitesprangen.

Es schepperte …

Dann hörte man nur noch Minni schimpfen: »Uääääh! Was ist das für eine klebrige Matsche! Hoffentlich ist das nur der Napf mit dem Katzenfutter?«

»Oder ganz was anderes …!«, murmelte Herr Dickmann.

»Uääääh!«, wiederholte Minni noch lauter. »Hör auf, Dicker!«

Kio kletterte vorsichtig aus dem Sarg. Kaum

war er draußen, lag das Gewicht von Herrn Dickmann zu einseitig auf der Kopfseite des Sarges. Wie bei einer Wippschaukel kippte der Sarg zu Herrn Dickmanns Seite.

Herr Dickmann sauste zu Boden, der Sarg überschlug sich und knallte dicht neben ihm zu Boden.

Vor lauter Schreck verstummten alle drei für

eine Sekunde. Dann prüften sie, ob ihnen irgendetwas zugestoßen war.

»Alles in Ordnung?«, fragte Minni in die Dunkelheit hinein.

»Ja!«, kam die zitternde Stimme von Kio zurück.

»Und bei dir, Dicker?«

Doch Herr Dickmann antwortete nicht.

Die Versammlung

Dicker, was ist?« Minni machte sich ernsthaft Sorgen um ihren Bruder. Wenn er nichts sagte, dann musste etwas Schreckliches passiert sein.

Doch dann gab Herr Dickmann einen kleinen Laut von sich. Einen Piepser, doch Minni und Kio hörten ihn deutlich.

»Was hast du?«, fragte Minni. Es war zum Verzweifeln. Sie konnte die eigene Hand nicht vor Augen sehen. So finster war es.

»Ich …«, flüsterte Herr Dickmann. Der Schrecken war seiner Stimme deutlich anzuhören. »… spüre … einen … Knochen.«

»Knochen?«, wunderte sich Kio. »Katzen essen doch keine Knochen. Gibt es hier etwa noch einen Hund?«

»Nicht so einen Knochen«, korrigierte Herr Dickmann leise. »Sondern … ein … Skelett! Es muss auch im Sarg gelegen haben oder zumindest Teile davon.« Herr Dickmann wagte es nicht, nachzufühlen, wie viele Knochen neben ihm lagen.

»Oh Mann!«, stöhnte Kio. Was kam noch alles auf sie zu?

»Wir müssen hier raus!« Auch Minni hatte die Nase voll.

Da das Kellerfenster aber von außen verschlossen worden war, gab es nur noch einen Weg aus dem Keller. Durch die Tür und dann durch das Haus des Vampirs.

Sosehr Kio überlegte, ihm fiel auch keine andere Lösung ein.

Für Herrn Dickmann war nichts schlimmer, als im Dunkeln neben Skelettknochen zu liegen. Alles andere konnte nur eine Verbesserung sein. Sogar die Flucht durch ein Vampirhaus.

Minni kroch auf allen vieren vorsichtig in die Richtung, in der sie die Tür vermutete. Doch nach wenigen Schritten stieß sie gegen eine

Wand. Sie tastete sich an der Wand entlang, fand aber keine Tür.

»Verflixt!«, ärgerte sie sich. »Wo ist die Tür?«

»Hier!«, glaubte Kio. Seine Stimme drang von der entgegengesetzten Seite des Kellers an Minnis Ohr.

»Hast du sie gefunden?«, fragte Minni.

»Nein!«, musste Kio zugeben.

Herr Dickmann hatte sich langsam und vorsichtig von den Skelettknochen fortgeschlichen, dabei aber völlig die Orientierung verloren. Er hatte keine Ahnung, wo sich Kio und Minni befanden. Noch nie hatte er sich so allein gefühlt, obwohl er die Stimmen von seinem Freund und Minni hörte. Dann aber sah er einen Lichtschein in den Keller dringen.

Kio hatte die Tür gefunden und sie einen kleinen Spalt geöffnet. Bei der Kellertreppe musste irgendwo eine Lampe brennen. Schemenhaft sah Herr Dickmann Kio an der Tür stehen und seine Schwester Minni als einen Schatten, der von der anderen Seite des Kellers zur Tür hinüberhuschte.

Auch Herr Dickmann folgte dem Lichtschein bis zur Tür.

»Stimmen!«, sagte Kio, als sie angekommen waren, und zeigte die Kellertreppe hinauf. »Oben im Flur ist jemand!«

Jetzt hörten auch Minni und Herr Dickmann verschiedene Stimmen. In der Zeit, die sie hier unten im Keller verbracht hatten, mussten oben weitere Personen ins Haus gekommen sein. Denn als sie in den Garten des Nachbarn gelaufen waren, war das gesamte Haus doch noch dunkel gewesen.

»Vielleicht ist es das immer noch?«, fragte Kio sich. Vampire benötigten kein Licht. Wozu aber dann das Licht hier auf der Treppe? Weshalb die Taschenlampe auf dem Friedhof?

»Es ist ohnehin die Frage, wer dort oben zu Besuch gekommen ist«, überlegte Minni. »Weitere Vampire oder normale Menschen. Andere Nachbarn vielleicht?«

Kio rutschte gleich wieder das Herz in die Hose. Denn er dachte sofort an seine Eltern. Vielleicht hatten sie seine Abwesenheit bemerkt und fragten nun den Nachbarn, ob er hier steckte. Schließlich hatte sein Vater ja auch Kuzip im Garten des Nachbarn gefunden. Und vielleicht …

»Ich gehe mal hoch!«, unterbrach Minni Kios düstere Gedanken. »Aber vorher sollten wir noch den Sarg an seinen Platz zurückstellen.«

Gemeinsam wuchteten die drei das schwere Ding auf die Holzböcke.

Dann schlich Minni sich die Treppe hinauf. Oben angekommen, legte sie ihr Ohr an die Tür, um die Versammlung besser belauschen zu können.

»Kannst du was hören?«, fragte Herr Dickmann hinauf.

»Pst!«, kam zur Antwort herunter.

Minni hörte ein leises Gelächter. Aber sie hatte nicht mitbekommen, worüber die Anwesenden sich amüsierten.

Sie wagte einen Blick durchs Schlüsselloch. Viel konnte sie nicht erkennen. Aber das wenige, was sie sah, genügte: Auf dem Flur standen mindestens zwanzig Menschen.

Menschen?

Waren das überhaupt Menschen?

Alle trugen schwarze Vampirumhänge, hatten weiße Gesichter, schwarze Haare und knallrote Münder, aus denen jeweils zwei lange Vampir-Eckzähne herausragten!

Und: Im Flur brannte kein Licht. Minni konnte die Vampire überhaupt nur deshalb erkennen, weil jeder von ihnen eine brennende Kerze in der Hand hielt.

Plötzlich kam eine Hand auf sie zu. Eine schneeweiße Vampirhand!

Minni begriff sofort, was das bedeutete. Der Vampir würde gleich die Kellertür öffnen, hinter der sie gerade saß und durchs Schlüsselloch schaute.

Minni verkniff sich einen Aufschrei und wich zurück. Und im Bruchteil einer Sekunde entschied sie, was zu tun war. Instinktiv sprang Minni zum Lichtschalter und löschte das Licht auf der Kellertreppe.

Herr Dickmann und Kio unten wunderten sich darüber.

»Was ist?«, fragte Kio hinauf.

Wieder kam nur ein energisches »Pst!« von oben.

Da öffnete sich auch schon die Kellertür.

Minni sauste auf Zehenspitzen hinunter zu Kio und ihrem Bruder.

»Sie kommen!«

»Wer?«, fragte Herr Dickmann.

»Rund zwanzig Vampire!«

»Zwa … zwa …«, stotterte Herr Dickmann. Er brachte die Zahl nicht über die Lippen. Mit einem hatte er gerechnet. Mit zwei bis drei vielleicht, wenn er zum Nachbarn noch die beiden Fledermäuse dazurechnete, die sie gesehen hatten. Und die wären schon schlimm genug gewesen. Aber zwanzig? Und zu allem Überfluss hatten sie auch nicht mal Kuzip 12 als Vampirabwehr-Maschine dabei.

»Oh Gott«, wimmerte Kio.

Zum Glück waren die Vampire so sehr mit sich selbst beschäftigt, dass sie auf der Treppe stehen blieben. Sie lachten und flüsterten, kicherten und scherzten. Niemals hätte Herr Dick-

mann sich eine Vampirversammlung so fröhlich vorgestellt.

»Sind alle da?«, hörten sie den Nachbarn im Flur rufen. Und auch die Antwort: »Fast!«

Fast?

Sollte das heißen, da kamen noch mehr Vampire?

»Was tun wir denn jetzt?«, jammerte Kio.

Auf gar keinen Fall wollte er in den Sarg zurück.

Das hielt auch Herr Dickmann für zu gefährlich. Wenn jetzt die ganze Vampirversammlung in den Keller kam, dann würden sie diesmal den Sarg bestimmt öffnen.

Im Keller gab es ja gar nichts anderes, weswegen die Vampire sich hier unten versammeln konnten.

»Seht mal, dort!«, beruhigte Minni die beiden.

Sie zeigte auf einen kleinen Hohlraum unter der Kellertreppe. Nicht sehr geschützt, aber fürs Erste reichte es, um den Vampiren nicht direkt vor die Füße zu laufen.

Minni schob Kio und ihren Bruder darunter,

während Kio fragte: »Was heißt denn fürs Erste? Und danach?«

»Mischen wir uns unters Volk!«, verkündete Minni.

Herr Dickmann und Kio glaubten, sich verhört zu haben.

»Unter welches Volk?«, hakte Herr Dickmann nach.

»Unter das da!« Minni zeigte hoch zur Treppe.

Dort machte sich die Vampirversammlung auf den Weg. Einer nach dem anderen stiegen sie die Treppe in den Keller hinab.

»Spinnst du?«, zischelte Herr Dickmann seiner Schwester ins Ohr. »Wir können doch nicht …«

Doch Minni hielt ihm eine Hand vor den Mund.

Herr Dickmann verstummte.

Minni zeigte auf sich, Herrn Dickmann und Kio, wobei sie ihren Umhang ein wenig ausbreitete.

Herr Dickmann begriff. Sie trugen alle drei noch immer ihre Halloween-Verkleidung. Herr Dickmann und Kio hatten sie noch gar nicht ausgezogen. Und Minni, die ja schon im Bett gewesen war, hatte ihre normale Kleidung nicht so schnell gefunden und einfach wieder ihre Zauberer-Verkleidung angezogen, die sie über den Stuhl gehängt hatte.

Jetzt passte ihr Aufzug wunderbar. In ihren Halloween-Kostümen würden sie unter den Vampiren gar nicht auffallen.

Das sah Herr Dickmann ganz anders. Man konnte doch wohl einen verkleideten Jungen von einem echten Vampir unterscheiden. Und wenn Minni das schon nicht konnte, die Vampire konnten es mit Sicherheit.

Aber leider blieb ihm keine Möglichkeit, das alles ausführlich zu erläutern.

Denn die Vampire zogen an ihnen vorbei. Um nicht entdeckt zu werden, mussten sie augenblicklich still sein.

Eine unglaubliche Entdeckung

Minni hatte richtig geschätzt.
Rund zwanzig Vampire hatten sich jetzt um den Sarg versammelt. Nach wie vor hielten sie ihre Kerzen in den Händen, die das einzige Licht hier unten spendeten. Jemand zündete erneut die Kerzen an den Wänden an. Die Musik ertönte.

Und gerade als Herrn Dickmann auffiel, dass der Nachbar noch fehlte, kam er in den Keller. Als Letzter.

Aber er kam nicht allein, sondern führte einen kleinen Jungen mit sich!

Das Gesicht des Jungen war kaum zu erkennen. Erstens, weil es in dem Keller ohnehin recht dunkel war. Und außerdem, weil der Nachbar dem Jungen die Augen verbunden hatte!

Herr Dickmann hielt den Atem an. Was hatten die Vampire mit dem armen Jungen vor? Herr Dickmann spürte, wie Kios Hand nach ihm tastete. Offenbar war Kio ebenso erschrocken wie er selbst. Herr Dickmann ergriff Kios Hand. Gemeinsam hockten sie da unter der Treppe, Hand in Hand, und wagten kaum zu atmen.

Seltsam war, dass auch der Junge einen Vampirumhang trug. Hatten sie dem Jungen schon Vampirkleidung angezogen, noch bevor sie ihn bissen und er sich in einen Vampir verwandeln würde? Also wusste der Junge, was ihn erwartete. Furchtbar!

Herr Dickmann bewunderte den Mut des Jungen. Er an seiner Stelle hätte vermutlich laut geschrien vor Angst. Aber der Junge ließ sich ganz ruhig in den Keller führen.

Herr Dickmann ärgerte sich, dass sie Kuzip nicht dabeihatten. Mit ihm hätten sie wenigstens noch eine geringe Chance gehabt, den Jungen zu retten.

Aber Minni hatte die Vampirabwehrmaschine geopfert, weil sie den Roboter nicht mochte.

Hätte er doch bloß nicht auf seine Schwester gehört.

»Bist du bereit?«, fragte der Nachbar den Jungen.

Der Junge nickte.

Herr Dickmann sah mit offenem Mund zu.

»Wir müssen etwas tun!«, flüsterte Kio ihm ins Ohr.

Das fand Herr Dickmann auch. Aber was? Sie konnten sich wohl schlecht mit zwanzig Vampiren anlegen.

Herr Dickmann stieß seine Schwester an. Aber auch sie zuckte nur hilflos mit den Schultern und beobachtete verzweifelt das Schauspiel, das sich direkt vor ihren Augen abspielte.

Mussten sie jetzt mit ansehen, wie ein hilfloser Junge zum Vampir gemacht wurde?

Herrn Dickmann fiel auf, dass er – soweit er ihn erkennen konnte – den Jungen noch nie gesehen hatte. Wo hatten die Vampire sich ihn geschnappt? Es war jedenfalls kein Junge aus der Nachbarschaft.

»Warte!«, rief plötzlich einer aus der Vampirversammlung. »Der Akku ist leer. Ich muss ihn schnell austauschen!«

Ein allgemeines Geraune ging durch die Versammlung.

»Ausgerechnet jetzt!«, maulte einer der Vampire.

»Hättest du das nicht eher kontrollieren können?«, ein anderer.

Herr Dickmann sah, dass der Vampir eine Videokamera in den Händen hielt und die Batterien austauschte.

Seltsam!, wunderte sich Herr Dickmann. Soweit er wusste, konnten Vampire gar nicht gefilmt werden. Aber dann fiel ihm ein, wozu die Kamera diente. Die Vampire filmten den Jungen und konnten so kontrollieren, ob seine Verwandlung tatsächlich vollzogen wurde. Zuerst – als normaler Junge – würde er auf dem Film zu sehen sein. Später, nach dem Biss, wenn er zum Vampir geworden war, musste er vom Film verschwunden sein.

Minni nutzte die Gunst der Sekunde. Sie erhob sich, krabbelte ohne ein Wort zu sagen

unter der Treppe hervor und schlich sich todesmutig unter die Versammlung.

Herr Dickmann und Kio staunten Bauklötze. Minni war verrückt geworden. Daran hatte Herr Dickmann nun überhaupt keinen Zweifel mehr.

Aber …

Herr Dickmann tippte Kio in die Seite. Sah er auch, was er sah?

Auch Kio hatte Mund und Augen vor Erstaunen weit aufgerissen.

Niemand nahm Anstoß an Minnis Anwesenheit. Plötzlich stand sie mittendrin unter den Vampiren, als ob sie seit Ewigkeiten zu ihnen gehörte.

»Und nun …!«, begann der Nachbar und umfasste den Nacken des Jungen.

Herr Dickmann hielt es nicht mehr aus. Ihm war egal, was mit ihm geschehen würde. Aber er konnte nicht tatenlos zusehen. Niemals würde er sich verzeihen, jetzt nicht eingegriffen zu haben. Er musste dem Jungen helfen, auch wenn es nicht die geringste Chance gab. Aber das war egal. Herr Dickmann wusste in diesem Augenblick: Wenn er jetzt nicht handelte, dann würde er es sein ganzes Leben lang bereuen.

»HALT!«, schrie Herr Dickmann, zwängte sich unter der Treppe hervor und rannte auf die Vampirgemeinschaft zu.

Er war bereit, sich zu opfern. Er war bereit zum Kampf.

Er war …

Alle Augen der Vampire richteten sich auf Herrn Dickmann.

Aber der Nachbar machte weiter. »Herzlichen Glückwunsch zum Geburtstag!«, rief er aus und nahm dem Jungen das Tuch von den Augen ab.

Der Junge schaute.

Herr Dickmann blieb stehen.

»Wow!«, sagte der Junge, meinte aber nicht Herrn Dickmann. Weil der von hinten kam, hatte er ihn noch gar nicht gesehen. Er meinte den Sarg.

Geburtstag?, fragte sich Herr Dickmann.

Auch Minni schaute verdutzt, während der Junge ausrief: »Genau, wie ich es mir gewünscht habe!«

Gewünscht?, dachte Herr Dickmann verwundert. Wie konnte man sich wünschen, von Vampiren entführt zu werden?

»Wer spielt das Opfer?«, fragte der Junge.

»Mama!«, antwortete der Nachbar unter dem lauten Gelächter der anwesenden Vampire. Und fügte zur Erklärung an: »Sie hat das kürzeste Streichholz gezogen.« Worauf das Gelächter noch einmal anstieg. »Sie kommt gleich. Die Friedhofsaufnahmen habe ich schon gemacht!«

»Zeig mal!«, verlangte der Junge. Doch der Nachbar wiegelte ab. »Später. Jetzt machen wir erst mal die Aufnahmen hier unten.« Herr Dickmann begriff überhaupt nichts mehr.

Auch Minni kratzte sich verständnislos am Kopf.

»Wir müssen aber noch überlegen, welche Rolle deine neuen Freunde spielen!«, sagte der Nachbar und zeigte auf Herrn Dickmann und Minni.

Herr Dickmann schluckte. Er spürte, wie seine Beine wieder anfingen zu zittern.

Der Junge drehte sich zu ihm um und sagte,

ebenfalls sichtlich verwundert: »Neue Freunde? Die kenne ich überhaupt nicht.«

»Ich ...«, ging Minni dazwischen. »Ich meine, wir ... wohnen gegenüber.«

Herr Dickmann hätte ihr am liebsten den Hals umgedreht. Musste seine Schwester nun auch noch ausplaudern, wo sie wohnten?

»Nett, dass ihr gekommen seid«, begrüßte der Vampir-Nachbar sie. »Wir sind die Körners. Ich bin Wilfried Körner.« Er tippte sich auf die Brust.

»Tim Körner, mein Sohn.« Er tippte dem Jungen auf die Schulter. »Und meine Frau kommt auch gleich. Sie spielt das Opfer.«

»Wollt ihr mitmachen?«, fragte Tim. »Wir drehen einen Horrorfilm. Das war mein Geburtstagswunsch in diesem Jahr. Schließlich habe ich an Halloween Geburtstag.«

»Herzlichen Glückwunsch«, ploppte Herrn Dickmann aus dem Mund. Aber er wirkte, als ob er gar nicht wusste, was er da eben gesagt hatte.

So ganz langsam traute sich nun auch Kio unter der Treppe hervor.

»Ach, da ist ja noch einer!«, rief Herr Körner. »Du bist bestimmt Kio von den Kayamotos nebenan.«

Kio nickte brav.

»Na prima!«, freute sich Herr Körner. »Bessere Nachbarn kann man sich ja gar nicht wünschen. Zu so später Stunde kommt ihr gleich in der richtigen Kostümierung, um zu gratulieren.«

»Äh«, stotterte Herr Dickmann nur.

Herr Körner merkte den Kindern die Verwirrung an und erklärte: »Eigentlich ziehen wir erst nächste Woche in dieses Haus ein. Aber da Tim diesen Geburtstagswunsch hatte und das Haus noch leer stand, traf es sich ganz gut. Und alle machen mit.«

Herr Körner zeigte in die Runde der Vampire. »Onkel und Tanten und Cousins. Ich spare es mir jetzt mal, alle einzeln vorzustellen. Ich denke, wir können einen schönen Film machen. Mit so vielen Vampiren.«

»Jaaaa!«, rief Tim begeistert. »Und ihr seid meine ersten Hilfsvampire, okay?«

»Okay!«, schlug Minni ein. Auch wenn die neu-

en Nachbarn wieder einen Jungen mitgebracht hatten statt eines Mädchens. Genau wie die Kayamotos. Wenn das so weiterging, dann würde sie bald das einzige Mädchen in einer Straße voller Jungs sein.

»Prima!«, freute sich Tim.

Herr Dickmann und Kio sahen sich an.

Alles entpuppte sich als eine harmlose Geburtstagsfeier. Und dafür hatten sie all die schönen Süßigkeiten von Halloween sausen lassen.

Aber was sollte es? Immerhin wurden sie noch in dieser Nacht zu Hauptdarstellern eines selbst gedrehten Vampirfilms. Das bekam man ja auch nicht alle Tage und war – genau betrachtet – noch viel besser, als sich mit Süßigkeiten vollzustopfen.

»Okay!«, stimmte nun auch Herr Dickmann zu. »Auf zu blutigen Taten!«

Denn das Beste an allem war: In der Nachbarschaft gab es nun neben Kio noch einen weiteren Jungen, mit dem sich offenbar prächtig spielen ließ.